님께

_____

청춘독립

스물이 넘어서도 부모를 탓하는가?

청춘독립

스물이 넘어서도 부모를 탓하는가?

김홍식 지음

새론북스

특집 방송에서 툰드라의 어린 목동을 보았다. 보편적으로 유치원을 다니며 애지중지 보살핌을 받을 나이에 들판에서 양을 향해 밧줄을 던지고, 자기에게 주어진 칼을 자유롭게 다루고, 선물 받은 자신의 키만한 물고기를 악착같이 집으로 끌고 가는 아이였다. 어린 나이에도 불구하고 어른들과 조금도 다를 바 없이 독립적인 활동을 펼치는 아이를 보며 툰드라의 환경이 어린 아이를 어른으로 만든다는 생각을 했다.

그런데 잠시 후 그토록 용감했던 아이가 유치원생이 되어 울보로 돌변하는 영상이 나왔다. 아이가 교육을 받기 위해 형을 따라 도시의 학교에 도착했는데, 그곳에서는 자신이 할 수 있는 게 아무 것도 없었다. 그동안 익숙했던 거친 들판이 아닌 건물 안에서 툰드라의 어린 용사는 선생님들에 의해 강제로 목욕을 당하며 무기력한 어린 아이가 되고 말았다. 아이는 어린 아이도 용사로 대접하는 툰드라의 야생 환경에서는 용사였지만 용사를 아이로 대접하는 도시의 유치원에서는 울음을 참지 못하고 눈물을 흘리는 철부지가 된 것이다.

원래 인간은 독립적인 존재로 태어난다. 하지만 독립적인 상황이 아닌 곳에서는 매달리는 존재가 된다. 주어진 환경이 독립적이면 독립하고 누군가에게 매달릴 만한 상황이 되면 매달리는 것이다.

우리 사회는 청춘들을 어떻게 대접하는가?

스스로 세상을 살아갈 수 없는 어린 아이로 대접하고 있다. 대학을 졸업하고 군대에 다녀온 자식을 부모는 바람만 불어도 넘어질 나약한 아이로 애지중지하며 보살피려 한다. 자식이 한 번이라도 눈물을 흘리면 부모는 세상이 끝나기라도 할 것처럼 두려움에 빠지고, 서운한 일을 당하면 자신이 당한 일보다 더 심한 반응을 보인다. 심지어 청춘들의 싸움에 나서서 대신 복수하는 일도 있다.

청춘에게 가장 필요한 것은 무엇일까?

독립 정신이다. 스스로 자신의 인생을 책임지려는 의지가 없이는 아무 것도 이룰 수 없기 때문이다. 청춘에게는 모든 것이 넘쳐난다. 힘과 시간과 능력과 아이디어와 용기와 희망이 끝없이 솟아난다. 어디든 갈 수 있고, 무엇이든 할 수 있고, 어떤 인물이든 될 수 있다.

그러나 그 모든 것이 독립 정신 없이는 그림의 떡에 불과하다. 상장을 받아도 자신의 상이 아니고, 1등을 해도 자신의 등수가 아니다. 식민지에서 나는 모든 것이 통치자의 것이 되듯, 독립하지 못한 청춘이 이루는 모든 것은 그의 부모 것이 된다.

이 책은 내가 잘 살아왔기 때문에 쓴 것이 아니다. 그보다는 잘 살지 못한 나의 청춘을 돌아보며 지금의 청춘들이 나처럼 실수하지 말라는 뜻으로 쓰기 시작하였다. 내가 스무 살 즈음에는 청춘이 독립해서 스스로의 인생을 살아가야 한다는 아이디어조차 없었다. 당연히 부모의 그늘에 기대어 살아야 하는 것인 줄 알았다. 특히 막내로 성장한 나는 독립 정신이 형들보다도 적었다. 이 책을 쓰는 지금, 50이 되어서야 비로소 독립하지 못했던 나의 청춘을 돌아보고 있다.

좀 더 일찍 지금 하는 일을 시작했더라면, 지금 알고 있는 것들을 좀 더 일찍 알았더라면 분명 더 나은 삶을 살고 있을 것이라는 확신이 들었다. 그래서, 나는 그러지 못했으니 지금 스물이 되는 청춘들은 나와

같은 실수를 하지 말라고 이야기해주고 싶었다.

이 책은 파란만장한 삶을 지나 50이 된 필자의 눈으로 바라본 스무 살에 대한 회한이다. 청춘들의 마음에 들지 않는 내용이 있을지라도 알아두면 반드시 도움이 될 것이라고 생각한다.

다 마신 커피잔 앞에서

김홍식

작가의 손

옆의 판화는 작가 김홍식의 손이다.
17세에 사고로 오른손 손가락 세 개를 잃었다.
어머니는 없어져버린 세 개의 손가락을 보며 눈물을 흘렸지만
그는 어린 나이에도 두 개의 손가락이 남아 있음을 다행으로 생각했다.
어머니는 그 손으로 무엇을 할 수 있을까를 염려했지만
그는 그 손으로 남들이 하는 모든 것을 다 해냈다.
그 손으로 망치와 용접기를 잡았고,
벽돌을 나르고, 산소통을 들어올렸고,
책을 잡았고, 연필을 잡았고, 사람들의 손을 잡았고,
대중 앞에서 마이크를 잡고 행복을 이야기하고,
방송국 카메라 앞에서 기타를 연주하며 노래를 불렀고,
글을 쓰고, 자판을 두드렸다.
두 손가락으로 만든 첫 책 "우리에게 가장 소중한 것은"이
베스트셀러 1위를 기록한 후 독수리타법으로
"더 가깝지도 더 멀지도 않게", "관계의 법칙", "위로",
"친절", "청춘수업", "고맙다 사랑한다",
"죽어도 행복을 포기하지 마라" 등
총 열 권의 책을 만들었다.
철공소, 거리 행상, 신문사, 잡지사 등 다양한 사회 경험을 통해
세상의 문제는 관계의 문제라는 것을 알게 되었다.
그는 누구라도 그의 손을 잡는 사람을 주인공으로 만들고,
그의 책 속에서 감동적인 인물로 그려낸다.
지금 그는 전국의 대학교와 기업체를 다니며
관계와 행복에 대한 이야기를 들려주고 있다.
뒤늦게 대학을 졸업하고,
첫 책으로 베스트셀러 작가가 되고,
첫 강의로 명강사가 되고,
가난한 영혼을 위한 목사로서 안양의 아름다운 교회에서 매주일
기독교인만이 아닌 모든 사람을 위해 설교한다.

청춘독립 스물이 넘어서도 부모를 탓하는가? ●목차

단원 4 ⊙ 사소한 일에 정의를 불태우지 말라

단원 5 ⊙ 최선을 다하고 최악에 대비하라

단원 1

스물이 넘어서도
부모를 탓하는가?

001 탓하지
말라

누구도 그 무엇도 탓하지 말라. 탓하기 시작하면 세상 모든 것이 핑 곗거리가 되기 시작한다. 탓해야 할 대상은 세상에서 오직 자기 자신 하나여야 한다. 자연재해를 입어도, 사고를 당해도, 억울한 일을 당하고 불행한 일을 당해도 탓하지 말라. 탓해서 좋아질 것은 아무 것도 없다. 지금 있는 자리에서 자신이 처한 상황에서 주어진 모든 문제를 스스로 헤쳐 나갈 길을 찾는 것이 인생을 잘 살기 위한 유일한 비결이다.

스무 살이면 독립하라. 태어나서 1년이 지나면 자기 발로 서듯 20년이면 스스로 서야 할 때다. 스무 살이 지나면 어떤 것으로도 부모를 탓하지 말라. 친구 탓도 하지 말고, 환경 탓도 하지 말고, 지나가는 개 탓도, 땅 속을 기는 지렁이 탓도 하지 말라. 실패도 성공도 스스로 이루어 내라. 모든 것은 내 탓이다.

숲 속을 지나던 수도승이 다리를 잃은 여우를 만났다. 어떤 사연인지 여우는 앞다리만을 사용해 겨우 몸을 끌며 한정된 구역 안에서 생활하고 있었다. 제대로 걷지 못하는 여우는 수도승이 다가가도 재빨리 도망치지 못했다. 야생의 숲에서 다리 없는 여우가 어떻게 생존할 수 있는지가 궁금해 수도승은 며칠을 근처에 묵으며 여우를 관찰하였다.

여우는 벼랑 아래 작은 동굴에 살고 있었다. 그리고 그 동굴 바로 위에는 호랑이가 살았는데, 호랑이는 잡아온 먹이를 먹다가 남으면 여우가 살고 있는 동굴 쪽으로 던져버리고 있었다. 그렇게 매일 먹을 것을 남겨주는 호랑이 덕분에 여우는 굶어 죽지 않을 수 있었고, 호랑이 근처에는 야생동물이 접근할 수 없었기 때문에 여우는 위협당할 만한 상황도 모면하고 있었다.

그것을 본 수도승은 자신도 먹을 것을 얻기 위해 사람들의 집을 방문하는 대신 한곳에 머물러 기도하면 하나님이 도울 사람을 보내주실 것이라는 생각이 들었다. 그는 힘들게 세상을 떠도는 대신 한적한 숲속에 머물며 기도를 시작했다. 자신에게도 일용할 양식과 안전을 제공해달라고 간구했다.

그러나 여러 날이 지나도 수도승에게는 아무 일도 일어나지 않았다. 위험한 짐승들이 계속 그의 주위를 맴돌았고 먹을 것도 생기지 않았다. 배가 고파 더 이상 참을 수 없게 된 수도승은 하나님께 항의했다.

"다리 없는 여우는 살 수 있도록 호랑이를 보내주시면서 왜 저에게는 도울 사람을 보내주시지 않습니까?"

수도승의 항의에 하나님이 즉시 대답했다.

"너는 어째서 병든 여우 흉내를 내고 있지? 그러지 말고 여우에게 먹을 것을 던져주는 호랑이 흉내를 내면 안 될까?"

당신은 지금 여우처럼 살고 있는가, 아니면 호랑이처럼 살고 있는가? 호랑이처럼 살 능력이 있음에도 여우처럼 살고 있지는 않는가? 무엇이든 할 수 있음에도 아무 것도 하지 않는 것은 아닌가?

남에게 내 인생을 탓하지 말라. 오늘의 나, 지금의 나는 전적으로 내 탓이다. 만일 누군가에게 내 인생을 탓하기 시작하면 어떤 문제도 해결되지 않을 것이고, 잘될 일은 단 하나도 없을 것이다. 내 인생을 대신 살아줄 사람은 세상에 없기 때문이다. 억울한 일을 당했어도 스스로 문제를 풀어나가지 않으면 억울함은 결코 풀리지 않을 것이다.

내가 먹은 것, 보고 들은 것, 말하고 행동한 것, 내가 결정한 것에 의해 나는 지금의 나가 된 것이다. 누구의 압력을 받았든, 어떤 사람의 도움을 받고 충고를 들었든, 최종 결정을 내린 것은 나 자신이었다.

"너 때문이야!"라는 말은 스스로 문제를 풀 생각이 없다는 것을 의미하는 것이고, 스스로 어떤 결정도 내리지 못하는 어린 아이로 돌아가고 싶다는 표현이다. 나는 '너' 때문에 이렇게 된 것이 아니다. 나 때문에 이렇게 된 것이다.

인생을 살아갈 힘은 외부에서 오는 것이 아니라 내부에서 온다. 삶의 문제는 내부에 숨겨져 있는 강한 에너지가 밖으로 표출될 때 비로소 해결되기 시작한다. 그러나 남을 탓하기 시작하면 자신의 내부에 있는 해결 능력을 전혀 끌어낼 수 없게 된다. 내적 해결 능력은 홀로 일어서기 시작할 때 활동을 시작한다.

    남에게 의지하지 않고 스스로의 발로 일어설 때, 남의 손을 빌리지 않고 자신의 손을 사용할 때 진정한 삶이 시작된다. 벼랑 위에 있는 사람이 안전하게 아래로 내려가기 위해서는 자신의 손과 발을 사용해야 한다. 스스로 뛰어내린 사람은 안전하게 착지할 수 있지만 누군가에게 떠밀리면 떨어지거나 넘어져 구르게 된다.

002

네 이웃의 부모를
탐내지 말라

　나의 부모님을 옆집 부모와 비교하지 말라. 굳이 비교하고 싶다면 옆집 자녀와 나를 비교하고, 자식을 버린 부모와 비교해보라. 스무 살이 넘도록 나를 버리지 않고 건강하게 키워준 것만으로도 얼마나 감사한 일인지를 알 수 있을 것이다. 스무 살이 넘어서도 부모의 고마움을 발견하지 못하는 사람은 정신적으로 아직 스무 살이 되지 못한 사람이다. 몸은 커서 스무 살이 되었을지 몰라도 정신은 아직도 유치원생과 다를 바 없다.

　스무 살이 넘으면 세상을 살아가기가 얼마나 어려운지를 알 만한 나이이다. 그리고 알아야 한다. 세상 사는 것이 그저 즐겁고 행복하기만 한 것이라고 생각한다면 그는 아직도 철없는 유년기나 청소년기에 머물러 있는 사람이다. 나이는 먹었을지 몰라도 정말 스무 살의 정신을 갖지는 못한 사람이다. 즉, 나잇값을 못하는 사람이다.

나이를 먹는다는 것은 세상살이가 결코 만만하지 않다는 것을 깨달아가는 과정이다. 그 첫 과정의 시작이 스무 살이다. 스무 살이 되어서 세상살이가 얼마나 힘든지를 알기 시작했다면 20년 동안 자식을 돌보며 살아온 부모가 얼마나 큰일을 했는지도 알 수 있을 것이다. 그런 부모에게 무엇을 더 요청하겠는가?

오래전, 라디오 방송에서 소개된 사연이다. 식당을 하던 부부가 1년 만에 자본금을 다 날리고 빈털터리가 되었다. 당장 생활할 집도 마련할 수 없는 형편이었기에 아는 사람에게 부탁해 작은 방을 하나 얻어서 살게 되었다. 남편은 돈을 벌어온다는 말을 남기고 배를 타러 집을 떠난 뒤 연락도 없고 아내는 아이들과 힘들게 생계를 이어갔다.

겨우 끼니를 때우며 생활하던 중 저녁밥 지을 쌀이 없어 고민하던 그녀의 눈에 주인집 열린 부엌 문틈으로 쌀뒤주가 들어왔다. 마침 집에는 아무도 없었다. 아이들도 학교에 가서 아직 오지 않았고, 주인집 아주머니도 장엘 갔는지 집 안엔 아무런 인기척이 없었다. 순간 그녀는 학교에서 돌아와 배고프다며 밥을 찾을 아이들이 떠올랐다. 주인집 쌀을 몰래 빌려서 사용하고 돈이 생기면 다시 돌려주기로 작정한 그녀는 작은아이의 가방을 들고 주인집 부엌으로 들어갔다.

두근거리는 가슴으로 쌀을 퍼 담는 그녀의 손은 바람에 요동치는 사시나무처럼 흔들렸고, 심장은 당장이라도 터질 것만 같았다. 마음으로는 하늘을 향해 반드시 갚겠다는 약속을 했다.

그렇게 가방에 쌀을 담다가 너무 긴장한 나머지 그만 가방을 바닥에 떨어뜨리고 말았다. 가방이 떨어지면서 가방 안에 있던 쌀이 바닥으로 흩어졌고 그녀는 떨리는 손으로 쌀뒤주를 덮고 바닥에 떨어진 쌀을 쓸어서 가방에 담았다. 흩어진 쌀을 하나도 남김없이 모아 가방에 담고는 정신없이 부엌을 나왔다.

가방에 담긴 쌀을 독에 붓고 눈물로 쌀을 씻어 밥을 지었다. 학교에서 돌아온 아이들과 밥을 먹기 위해 상을 차렸지만 그녀는 밥을 먹을 수 없었다. 아이들은 그 쌀이 어떤 건지 알기나 할까? 빈속이었지만 무거운 돌이 들어 있는 것처럼 가슴이 무거웠다. 그녀는 밥을 먹는 아이들을 쳐다만 보다가 밖으로 나가 한참을 울다가 돌아왔다.

그렇게 훔친 쌀로 밥을 해 먹인 후 그녀는 생전 처음으로 길거리 장사를 나섰다. 사람들이 지나는 길에 작은 좌판을 깔고 밭에서 받아온 야채를 팔기 시작했다. 그리고 그렇게 시작된 장사는 일평생 그녀의 직업이 되었다. 장사를 시작해서 쌀을 살 정도의 돈이 모이자 그녀는 가장 먼저 주인집에서 빌린 만큼의 쌀을 사서 아무도 모르게 쌀뒤주에 부었다. 그러고 나자 그녀의 가슴을 억누르던 돌도 사라졌다.

지금 그녀의 아이들은 성장해서 모두 가정을 꾸렸지만 아직도 자신들의 어머니가 어떤 아픔을 가졌는지는 알지 못한다. 자신들이 엄마가 훔친 쌀로 지은 밥을 먹었다는 사실을 알지 못한다. 그 모든 아픔과 설움은 엄마의 가슴에만 남아 있다.

자식을 위해 아무도 모르게 남의 쌀을 빌리는 심정, 나중에 갚기는 했지만 그전까지는 쌀을 훔친 도둑이라는 자책감으로 살아야 했던 엄마의 마음을 자식들은 이해하지 못한다. 어머니는 세월이 흘러도 그 아픔을 자식들에게 말할 수 없다. 자식들만 아니라면 어머니는 그런 짓을 하지 않았을 것이다.

이야기에 나오는 어머니만 그런 아픔을 가지고 살았을까? 자녀를 키우는 부모라면 누구나 그 정도의 아픔은 가지고 있을 것이다. 자녀를 키우며 눈물 흘리지 않은 부모가 없고 고통당하지 않은 부모는 없다. 부모의 아픔은 거의 자녀를 위한 아픔이다. 그런 부모를 옆집 부모와 비교한다는 것은 자식으로서 감히 할 수 없는 짓이고 해서는 안 될 천하의 못된 짓이다.

그런데 많은 청춘들이 자신의 부모를 재벌들과 비교하고 성공한 학자나 유명인들과 비교한다. 자신을 위해서 단 한 번의 희생도 하지 않은 사람과 일평생 나를 위해 희생한 부모를 비교하고, 불평하며 아쉬워한다.

나의 생명과 인생은 나의 부모님에 의해 만들어진 것이다. 옆집 부모는 나의 삶에 어떠한 희생도 없었고 앞으로도 없을 것이다. 그래도 옆집의 잘난 부모와 나의 부모님을 비교하고 싶은가? 그렇다면 그에 앞서 잘난 옆집 아들과 나를 비교해보라, 내가 부모에게 그 아들만큼 하고 있는지. 박지성 같은 아들이 되어서 부모에게 대궐 같은 집을 사드릴 수 없는 자신을 먼저 돌아보라.

003

언제까지
부모 그늘에 머물 생각인가?

독립하기엔 스무 살이 이르다고 생각하는 사람도 있고 적당하다고 생각하는 사람도 있을 것이다. 당신은 스무 살이 아니라면 몇 살이 적당하다고 생각하는가? 스물다섯? 서른? 글쎄! 과연 스무 살에 독립하지 못한 사람이 그 나이가 되면 정말 독립할 수 있을까? 아마 더 힘들어지지 않으면 다행일 것이다.

스무 살이 아니면 몇 살까지 부모에게 신세지며 살 것인가? 돌아가시기 직전까지 매달려 있다가 돌아가시면 부모의 유산으로 근근이 먹고 살 계획인가? 의외로 그런 생각을 가진 청춘들이 많다.

부모에게 딸린 인생으로 만족하며 사는 청춘은 무한정 공급되는 사랑으로만 살려 한다. 정서적으로나 재정적으로 독립하지 못한 세대, 진정한 자신의 삶이란 없고, 스스로 만들어낸 것이 없는 삶에 과연 기뻠이 있을까? 자유를 위해 목숨을 걸었던 과거 인류의 역사를 배워왔기에 자유의 대가가 얼마나 큰 것인지를 잘 알면서도 인생의 자유를 스스로 포기한 청춘들이 있다.

필자의 생각으로 독립의 나이는 이를수록 좋다. 열 살이든 열다섯 살이든 독립할 수 있으면 하는 것이 좋다. 가출해서 부모 속을 썩이는 식의 독립 말고, 부모의 마음에 안심을 주고 자기 인생도 깔끔하게 책임질 수 있는 독립이라면.

하지만 대부분의 청춘들이 생각하는 독립이란 아무 것도 책임지지 않고, 아무런 간섭도 받지 않고, 모든 것을 공급받으면서 아무 대가도 치르지 않는 이상한 독립이다. 그야말로 동화책 속에서나 가능한 꿈같은 독립을 소망한다. 그건 독립이 아니라 착각이거나 반항이거나 망상이다.

청춘은 언젠가는 독립해야 한다. 그렇지 않으면 부모도 힘들고, 청춘도 힘들다. 부모는 다 큰 사람을 등에 업고 살아야 하기 때문에 두 배로 힘들고, 청춘은 혼자 걸을 수 있음에도 부모 허리에 매달려 질질 끌려가니 괴롭다.

남자는 스무 살이면 군대를 갈 수 있다. 그것은 군대가 스무 살 청춘이라면 혼자 살 수 있는 길을 모색하라고 제시하는 일종의 행위라고 할 수 있다. 군대에서 지나치게 적응을 잘하면 장교들로부터 직업군인이 되라는 요청도 받는다. 모든 나라들은 성년의 나이를 20세 전후로 정하고 있다. 그것은 지구상의 모든 국가가 스무 살 즈음을 독립적인 존재로 인정할 때라고 인식하고 있다는 의미이다.

그러므로 인격적인 독립과 인생의 독립, 경제적인 독립, 생활의 독립도 스무 살이면 객관적으로 가장 적당한 시기라고 생각할 수 있다. 나라마다 지역에 따라 조금은 차이가 나겠지만 스무 살이면 독립적인 삶을 시작하기에 가장 좋은 때인 것만은 분명하다.

열아홉과 스무 살은 다를 수 있을까? 1년 사이에 독립적인 존재가 될 수 있을까? 있다. 사람에게는 무한한 능력이 있다. 스무 살이 아니라 열 살에도 독립할 수밖에 없는 환경에 처하면 그는 독립하게 된다. 그러나 서른 살, 마흔 살이 되어서도 독립할 환경에 놓이지 않으면 그는 아이로 남아 있게 된다. 어른이면서 어른이 되지 못한 '어른아이'가 되는 것이다.

그러므로 청춘에게 바라기를, 스무 살이 되면 스스로를 독립적인 환경에 배치시켜라. 독립이란 어렵다. 하지만 독립하지 않고는 참다운 인생을 살 수 없고, 가치 있는 일을 할 수도 없다.

자전거를 몰 때 가장 어려운 순간은 출발하는 순간이다. 그때가 가장 위태롭고 힘을 많이 써야 할 때이며 힘차게 페달을 밟아야 할 시기이다. 하지만 일단 출발해서 적당한 속도가 나기 시작하면 자전거를 타는 일은 그리 어려운 일이 아니라는 것을 알게 되고, 걷는 것과는 비교할 수 없이 상쾌한 것임을 깨닫는다.

청춘의 독립도 마찬가지이다. 첫발을 내디딜 때는 도저히 혼자 살아갈 수 없을 것 같은 두려움이 있다. 하지만 힘차게 출발하면 독립적인 삶을 산다는 것이 얼마나 자유로운 것인지, 또한 얼마나 살아볼 만한 것인지를 알게 된다.

부모 그늘에 있는 동안 청춘은 끝없는 갈등과 다툼, 오해와 차이, 신구세대의 부조화를 겪어야 한다. 그것은 피할 수 없는 일이다. 부모의 가치와 청춘의 가치는 결코 동화될 수 없다. 그 갈등을 해결하는 길은 청춘의 독립뿐이다. 부모는 이미 독립한 존재이다. 자기 힘으로 자녀들까지 돌보고 있으니 더 이상 독립이 필요 없다. 이제 독립해야 할 사람은 바로 청춘이다.

언제까지 부모의 그늘에 머물 것인가? 서른인가? 마흔인가? 쉰인가? 아니면 죽을 때까지인가? 독립할 생각이 아예 없는 것인가? 스스로의 삶을 사는 자유와 기쁨과 보람을 미루고 미루다가 죽을 때가 다되어서 겨우 맛보고 가게 된다면, 그 인생 참 안타깝다!

004 잘못 만난 부모란
없다

알코올 중독으로 가정을 돌보지 않는 아버지에게 두 아들이 있었다. 두 아들이 기억하는 어린 시절이라고는 술 취한 아버지와 울거나 소리치는 어머니의 모습이 전부였다. 아버지는 자식들이 성장해서 어른이 되는 것을 못 보고 돌아가셨고, 두 아들은 어머니의 수고와 헌신으로 성장해서 각자의 삶을 살게 되었다.

두 아들 중 하나는 건강하고 예의 있는 사람으로 성장해서 행복한 가정을 이루어 살고 있다. 그의 모습은 아버지와는 전혀 다르다. 술은 입에 대지도 않고, 부지런하고 성실해서 하는 일마다 성공을 거두었다. 어떤 사람을 만나든 그는 정중한 태도를 취했고, 만나는 모든 사람에게 칭찬을 들었다.

반면 그의 다른 형제는 아버지와 똑같은 사람이 되었다. 늘 술에 취해서 밤거리를 헤매다가 새벽녘에 들어와 한낮까지 일어나지 못하고, 직장도 없이 늙으신 어머니와 다른 형제의 도움으로 근근이 생활하고 있었다.

같은 부모 아래서 성장한 사람이 너무도 다르게 살고 있는 모습을 발견한 주변 사람이 두 사람을 차례대로 찾아가 어떻게 된 것인지를 묻자, 두 사람은 이렇게 대답하였다.

"아버지가 평생을 술로 살았는데 그 모습을 보고 자라난 제가 어떻게 아버지처럼 될 수 있겠습니까?"

"아버지가 평생 술로 살았는데 자식인 나라고 별수 있습니까? 그 아버지에 그 자식이지!"

부모 때문에 망한 사람도 없고, 부모 덕분에 성공한 사람도 없다. 성공하고 망하는 것은 전적으로 자기 자신에게 달려 있다. 성공할 일을 하는 사람은 성공하고, 망할 일을 하는 사람은 망한다. 아버지의 실패가 자식을 실패하게 만들지는 않는다. 아버지처럼 살면 실패하지만 반대로 살면 성공한다. 아버지를 잘못 만나서 실패한 사람은 아버지의 실패를 따라간 사람뿐이다.

육상 단거리 선수에게 출발의 순간은 승리를 위한 중요한 순간이다. 그래서 출발을 위한 비싼 장비를 가지고 다니며 한순간을 위해 오랜 시간 장비를 설치하고 점검한다. 하지만 마라톤 선수에게 출발은 그다지 중요하지 않다. 앞에서 출발하든 뒤에서 출발하든 대부분 상관이 없다.

단거리 선수라면 한 발짝만 차이가 나도 이의를 제기해서 재경기를 치러야 한다. 그러나 마라톤에서는 열 걸음 스무 걸음 차이가 나도 아무도 시비를 걸거나 이의를 제기하지 않는다. 장거리에서 그 정도는 승패를 가를 만큼 문제가 되지 않기 때문이다.

스무 살이 된 청춘들이 모여 앉아 신세를 한탄하고 있는 모습을 가끔씩 본다. 스무 살에 그들이 하는 이야기는 앞으로의 인생이 아니라 지난날의 인생이다. 이제 출발선에 선 인생들이 지난날의 아픔과 실패와 만족스럽지 못한 환경을 억울해한다. 그들의 말을 듣고 있으면 그들의 인생은 스무 살에 이미 돌이킬 수 없을 정도로 확정된 것 같다.

본격적으로 자신의 인생을 시작해야 할 나이에 아무 것도 할 수 없다는 비관에 빠져든다. 스무 살에 모든 것을 가진 사람, 아무 것도 이룰 것이 없는 사람, 바라는 것이면 무엇이든 갖추는 사람, 과연 그런 사람이 인생의 의미를 발견할 수 있을까? 더 이상 이룰 것이 없는 인생에 의욕이라는 것이 생겨날까?

인생은 스무 살에 끝나는 단거리가 아니다. 20에서 시작하는 장거리 경기이다. 그때가 정말 인생을 살아가야 할 출발선이다. 그런데 많은 청춘들이 출발선에 서고도 다 끝난 것처럼 이야기하고 있다. 아직 경기를 시작하지도 않았는데!

스무 살에는 모든 사람이 빈손이어야 한다. 그게 정상이다. 심은 것이 없는데 무엇이 나기를 기대하는가? 아무 것도 심지 않은 밭에는 아무 것도 나지 않는 것이 아니다. 그곳에는 잡초가 난다.

잡초 밭에 무엇이든 심기 위해서는 먼저 잡초를 정리해야 한다. 그리고 땅을 개간하고, 씨앗을 심고, 물을 주고 가꾸며, 가을이 되기를 기다려야 한다. 청춘의 시기는 모든 것이 갖추어진 시기가 아니다. 아무 것도 없는 시기, 잡초가 무성한 시기이다.

청춘이 힘든 이유는 부모를 잘못 만나서가 아니라 원래 힘든 시기이고, 자기 손으로 인생의 기초를 세워야 하는 시기이기 때문이다. 그 일은 부모가 해줄 수도 없고, 친구나 애인이 해줄 수도 없다. 오직 자기 자신만이 할 수 있는 일이다.

부모에 의해 긍정적이고 부지런한 정신을 물려받았다면 참 다행스러운 일이다. 하지만 부모에 의해 좋은 습관과 환경을 물려받지 못했다고 해도 부모를 탓하지는 말라. 이제부터 스스로 좋은 습관과 환경을 만들어 가면 된다. 철없는 시절에 잘못 익힌 잡초 같은 버릇, 엉겅퀴처럼 얽힌 가치관과 태도, 사나운 눈빛과 말투, 무례함과 거친 야성을 버리고 정중함과 진지함, 배려와 신중함, 세련됨과 교양을 익히고 생활화해야 한다. 이유 없는 비난을 멈추고 이유 있는 비난도 멈추라. 비난으로는 결코 세상의 중심에 설 수 없다.

부모 탓을 하는 동안 청춘은 아무 것도 할 수 없다. 그는 유치원에 가기 싫다고 떼를 쓰는 어린 아이와 같다. 이제부터는 밥 한 끼를 먹는 것에도 감사하라. 숙박료 한 번 내지 않고 잠자리를 제공받는 것에 감사하라. 거기에다 용돈까지 주시다니. 더 이상 무얼 바라는가?

사실 청춘들의 데이트 비용도 부모님의 주머니에서 나온 것 아닌가? 세상에 남의 연애를 위해 자기 돈을 대주는 사람이 어디 있는가? 당신의 데이트 비용을 대주는 사람이 부모가 아니고 친구라면 그 친구의 다른 친구는 그를 향해 이렇게 말할 것이다.

"미친 놈!"

"지 애인이나 잘 챙길 것이지!"

"정신 나갔어. 완전 끝장났어!"

지금 청춘들은 자신의 애인을 사귀면서도 부모 돈을 쓰고 있다. 그 정도면 부모를 엄청 잘 만난 것이다. 그 부모는 정신 나간 듯, 미친 듯이 자기 주머니를 털어 청춘의 주머니를 채워주고 있다. 그러니 이제부터는 부모 탓 좀 그만하고 자기 데이트 비용이라도 스스로 마련할 계획을 세워라!

장학금을 타든지
아르바이트를 하든지

공부하라, 장학금을 탈 수 있을 정도로. 그럴 수 없다면 장학금 이상을 벌 수 있는 아르바이트라도 하라. 둘 중에 하나 정도는 하는 것이 청춘의 의무이고 스무 살까지 키워준 부모에 대한 예의다.

공부하느라고 시간이 없어서 아르바이트를 할 수 없다면 그 정도는 봐줄 수 있다. 하지만 공부도 열심히 안 하면서 남아도는 시간에 아르바이트 하나 하지 않는다는 것은 대학 4년을 놀고먹기로 결심했다고밖에 볼 수 없다.

많은 학생들이 공부할 시간이 부족하고, 리포트 쓸 시간이 없고, 강의 일정 맞추기가 어렵다고 하소연한다. 만날 사람 다 만나고, 사소하고 개인적인 친구들의 행사까지 다 참여하고, 먹고 마시고 놀 일을 하나도 거절하지 않으면 그럴 수 있다. 그러면 정말 수업 들을 시간도 없을 수 있다.

그러나 꼭 해야 할 일이 아닌 것을 거절한다면 시간은 충분하다. 장학금을 타기 위해 일할 시간도 없을 정도로 공부에 매달리든지, 학비를 벌기 위해 진급 학점을 딸 정도만 공부하고 일을 하든지, 둘 중에 하나를 선택하라.

이 두 가지가 아닌 다른 이유는 99%가 핑계다. 이 둘 사이에 있을 대부분의 학생들이 필자에게 항의하고 싶다면 다 받아줄 용의가 있다. 그대가 그럴 수밖에 없는 이유를 적어서 연락한다면 만날 수도 있고 대화를 나누어서 내가 오해하고 있는 부분은 사과하고 제3의 방안을 찾고 다음 책에 그 내용을 첨가하겠다.

그러나 분명한 이유도 없이 필자의 의견에 거부감이 든다면 그대는 분명 공부도 싫고 일도 싫은 사람이다. 적당히 놀면서 학생이라는 신분을 이용해먹는 사람이라고 할 수 있다. 부모의 피와 땀으로 주어지는 4년간의 휴가를 즐기려는 사람이라고 할 수 있다.

진정한 휴가는 열심히 일한 사람에게 주어지는 것이다. 그런데 청춘에게 주어지는 휴가는 실제적인 노력 없이 주어진다. 중년이 되어서도 마음 편히 살지 못하며 한 푼이라도 아끼고 모아서 자녀의 필요를 채우고 있는 부모 덕에 아무 일도 하지 않은 청춘들이 여유로운 휴가를 즐기고 있는 것이다.

스무 살이면 이제 그런 부모의 수고와 희생을 인식할 때가 되었다. 자신의 인생을 책임져야 할 상황에서 아무 것도 하지 않고도 모든 사람에게 사랑과 관심과 대접을 받는 철없는 아이로 돌아가고 싶겠지만 그래서는 안 된다. 열아홉에서 시간이 흘러 스물이 된다는 것은 B.C.49년 1월 로마 황제 율리우스 카이사르가 루비콘 강을 건너 로마로 진격하는 것과 같이 돌이킬 수 없는 강을 건너는 것이다.

B.C.49년은 로마의 정치제도가 의회정치인 공화정에서 왕권제로 바뀌는 해이다. 로마의 귀족과 정치인들은 의회정치를 보호하기 위해 어떤 사람도 군대를 이끌고 로마에 입성하지 못하는 법을 제정하였다. 군대가 로마에 입성하면 의회는 힘을 잃게 되고 군대의 힘을 장악한 사람이 왕이 될 것을 염려했기 때문이다.

당시 로마의회 원로들은 가장 독보적인 힘을 가지고 있던 카이사르를 제거하기 위해 군대를 강 건너에 두고 홀로 건너와야 한다고 압력을 가하고 있었다. 그러나 홀로 강을 건너면 카이사르는 모함을 받아 사형에 처해질 것이 분명한 상황이었다. 그를 제거하기 위한 원로 정치인들의 수작에 의해 로마로 가야만 하는 상황에서 카이사르는 군대를 이끌고 강을 건너느냐, 홀로 건너느냐를 고민할 수밖에 없었다.

카이사르가 군대를 이끌고 루비콘 강을 건넌다는 것은 국가의 법을 어기는 범법자가 되는 상황이었다. 자신의 군대를 이끌고 로마를 가로막고 있는 루비콘 강을 한번 건너면 혁명을 반드시 완수해서 로마를 장악해야 했다. 실패한다면 반역자가 되어 감옥에서 여생을 마쳐야 했다.

결국 카이사르는 "주사위는 던져졌다_{그리스의 후기 희극 시인 메난드로스의 작품에 나온 구절}"는 말을 남기고 자신의 군대와 함께 루비콘 강을 건넌다. 강을 건넌 후 자신이 타고 온 배를 불살라버림으로써 자신의 병사들에게

퇴각 없는 전투임을 분명히 보여준다. 결국 정권을 장악한 그는 로마의 전설적인 황제로 역사에 흔적을 남기게 된다.

율리우스 카이사르는 루비콘 강을 건널 수도, 건너지 않을 수도 있었다. 그는 스스로의 선택으로 군대를 이끌고 강을 건넜다. 하지만 열아홉에서 스물이 되는 것은 선택사항이 아니다. 오직 앞으로 가야만 하는, 안 될 수 없는 우주의 법칙이다. 전진할 수밖에 없는 단 하나의 길이다. 어떠한 상황에 처해 있더라도 스물이 되는 것은 막을 수 없고, 건너뛸 수 없는 필연의 과정이며, 대자연의 법칙이다.

대학생이 된 스무 살의 청춘이 할 수 있는 일은 둘 중 하나이다. 장학금을 타든지, 아르바이트를 하든지. 둘 다 싫은 사람은 루비콘 강에 서서 결정을 내리지 못하고 자신의 군대를 추위와 배고픔에 떨게 하는 카이사르가 될 것이다. 스무 살에 철이 들지 않으면 그는 함께 있는 많은 사람들을 추위와 배고픔에 떨게 만드는 못난 장군이 될 것이다. 그런 청춘 주위에는 아무도 함께하지 않게 될 것이다.

청춘이 되어서도 어린 아이처럼 받기만을 고집하는 것은 우주의 질서를 깨뜨리는 것이다. 그는 자신뿐만 아니라 부모와 형제를 비롯한 가족과 친구와 이웃을 힘들게 하고, 사회와 국가를 위태롭게 하는 어린 청춘이 될 것이다.

열아홉 살에서 스무 살이 되는 것은 인생의 루비콘 강을 건너는 청춘 혁명이다. 이제 자신의 삶을 책임지기 위해 어떻게든 잘 살 수 있는 방법을 찾아내야만 한다. 이 혁명에 성공하지 못하는 청춘은 반역자가 되어서 처형당하거나 평생 죄인으로 감옥에서 살아야 하는 실패한 카이사르가 되는 것이다.

필사의 각오로 루비콘 강을 건넌 카이사르처럼 스무 살에는 굳은 결심이 필요하다. 청춘이여, 그대의 인생을 위한 주사위는 던져졌다. 이제 어떤 숫자가 나오든 그 숫자는 그대의 숫자이다. 떨어진 주사위의 숫자가 무엇이든 그것은 하늘이 정한 운명이다. 다음 순서는 그 숫자를 자신의 운명으로 받아들이는 것이다.

006 맞서보면
별것 아니다

막연한 두려움은 행동반경을 축소시킨다. 근거도 없고, 시작도 없고 끝도 없으며, 형체가 없어서 보이지도 않기에, 누구도 본 적 없는 두려움이 수갑처럼 사람을 옭아맨다. 사람을 만나도 손을 내밀지 못하게 하고, 해야 할 말을 못하게 하고, 앞으로도 뒤로도 가지 못하게 한다.

사람에 대한 두려움, 실패에 대한 두려움, 고통에 대한 두려움, 죽음에 대한 두려움……. 사람은 왜 두려움을 갖게 되는가? 맞설 용기가 없을 때 두려움을 갖게 된다. 맞서는 용기는 어디서 오는가? 더 이상 물러설 수 없을 때, 타고난 성격이 도전적일 때, 비슷한 경험을 해본 적이 있을 때 사람은 맞설 용기를 얻게 된다.

더 이상 물러설 수 없는 상황은 누구나 용기를 낼 수밖에 없으니 더 설명할 것은 없다. '여인은 약하나 엄마는 강하다'는 말이 물러설 수 없는 인간의 상황을 잘 설명해준다. 또한 타고난 성격도 자신의 뜻대로 되는 것이 아니기에 성격을 탓할 수는 없다. 이제 마지막 주제인 경험에 대한 이야기만 남아 있다.

선천적으로 용감하지 않은 사람이 두려움을 이기는 유일한 비결은 많은 경험을 쌓는 것뿐이다. 그리고 경험이 두려움에 맞설 용기를 준다는 것은 많은 사람들의 경험을 통해서 충분히 증명된 사실 아닌가.

두려움을 이기고 싶은가? 어떤 상황에서도 용기를 잃지 않고 싶은가? 그러면 경험을 축적하라. 할 수 있는 모든 일을 다 해보라. 새로운 것을 접할 기회와 새 친구를 사귈 기회, 새로운 일을 해볼 기회가 오면 서슴지 말고 붙잡아라.

경험자들 모두가 하나같이 들려주는 이야기는 해보면 별것 아니라는 것이다. 한국 기업의 역사적 인물 중 한 사람인 정주영 회장의 저돌적인 추진력을 상징하는 한 마디도 "해봤어?"이다.

해본 적이 없으면 말하지 말라는 것이다. 그리고 해보라는 것이다. 많은 청춘들이 해보지도 않은 일을 염려하고 근심한다. 아무 것도 염려하지 말라. 그리고 한번 해보라. 그러고 나서 다시 이야기하라. 해본 사람은 근심하지 않는다. 하면 된다는 것을 알기 때문이다. 해본 적이 없는 사람의 특징이 시작은 못하고 염려하고 앉아 있는 것이다.

적극적이고 도전적인 성격의 아버지는 자신의 아들이 강하고 용기 있게 성장하길 기대하였다. 그러나 아들은 겁쟁이여서 큰 아이만 보면 뒷걸음질치거나 엄마 뒤에 숨었고, 매사에 앞으로 나서는 일도 좀처럼 없었다.

　집 밖으로 나가서 노는 일도 없이 집 안에만 틀어박혀 놀았고, 어쩌다 나갔는데 동갑내기 골목대장이 멀리서라도 나타나면 다른 길로 돌아가고, 친구들을 피해 숨어 다니기만 했다. 아버지는 그런 아들을 볼 때마다 나가서 친구들과 어울려 함께 놀아야 한다고 이야기했다.

　하루는 아버지가 정원에서 나무에 물을 주고 있는데 밖에서 놀던 아들이 후닥닥 집 안으로 뛰어 들어왔다. 무엇엔가 놀란 표정인 아들에게 아버지가 물어보았다.

　"왜 그러냐?"

　"아, 아무 것도 아니에요!"

　"밖에 누가 있냐?"

　"쉬! 쉬! 숨바꼭질 하는 거예요!"

　"아, 그래?"

　'아들이 누군가를 피해서 도망쳐온 것은 아닌가?' 하고 생각하던 아버지는 친구들과 어울려 노는 중이라는 아들의 말을 듣고는 집 안으로 들어가려 했다. 그때 문 밖에서 골목대장의 목소리가 들려왔다.

　"야! 이 비겁한 겁쟁이야. 빨리 나와! 이 시시한 자식아!"

　집으로 들어가려던 아버지가 고개를 돌려 닫히지 않은 문틈으로 밖을 내다보니 아들보다 덩치 큰 골목대장이 허리에 손을 올리고 씩씩대고 있었다. 아들은 아버지의 눈치를 보며 문 뒤에 숨어서 골목대장의 동태를 훔쳐보고 있었다. 집 안으로 들어간 아버지는 빗자루 하나를 들고 아들 앞에 나타났다. 그리고 숨어 있는 아들에게 엄하게 물었다.

"너! 이 빗자루로 아빠에게 맞을 테냐? 아니면 나가서 저 녀석과 맞설 테냐?"

아버지의 표정을 살피던 아들은 아버지와 골목대장을 번갈아 쳐다보더니 문을 열고 밖으로 뛰듯이 나갔다. 문 밖으로 뛰어나간 아들은 빨리 나오라고 소리치다가 막 돌아서는 골목대장의 멱살을 잡아채서 땅에 쓰러뜨렸다. 갑자기 당한 공격에 골목대장은 나가떨어졌고 둘은 땅에 쓰러져 엎치락뒤치락하며 막상막하의 싸움을 벌였다.

아버지는 문 뒤에서 아들의 싸우는 모습을 지켜보기만 했고, 지나가던 동네 사람들이 달려들어 말릴 때까지 두 아이의 싸움은 치열하게 이어졌다. 그 후로 아들은 동네를 당당하게 걸어다녔고, 엄마 뒤에 숨는 짓은 하지 않게 되었다. 싸움이 끝나기도 전에 어른들에 의해 중지되었지만 어찌 된 영문인지 작은 아이가 골목대장과 맞붙어서 이겼다는 소문이 났다. 그 후로 동네에서는 아무도 아들을 건드리지 않았다.

청춘이여! 부모의 그늘을 벗어나 세상과 맞서라. 맞서보면 별것 아니다. 맞서기 전까지는 결코 두려움을 떨쳐버릴 수 없다. 그러나 한번만 맞서면 그 후로는 아무 것도 두려울 것이 없게 된다. 맞서는 경험은 누구라도 한 번은 겪어야만 할 필연의 과정이다. 하루하루를 두려움에 사로잡혀 엄마 치맛자락을 붙들고 매달린 어린 아이처럼 살지 말라.

어떠한 이론도 경험보다 노련할 수는 없다. 뒤로 나가떨어질 것이 빤해도 부딪혀라. 맞서기 어려운 상대라도 맞서라. 뒤로 떠밀려서 넘어져 본 경험이 없는 사람은 결코 다시 일어나는 방법을 배울 수 없다.

007

스무 살 이후에 받는 모든 것은
옵션이다

자동차를 구입할 때 기본적으로 장착되어서 나오는 것과 추가로 주문해서 개인의 취향대로 꾸미는 것이 있다. 추가되는 비용은 당연히 차를 사는 사람이 내야 한다. 비용을 추가하지 않으면 어떤 옵션도 주어지지 않는다.

부모가 자녀에게 해줄 수 있는 의무로서의 기본 양육은 20세까지이다. 성인이 되기까지 부모는 어떻게든 보호하고 책임져야 하지만 그 이상은 모든 것이 옵션이다. 옵션에 대해서는 사실 모든 비용을 당사자가 지불해야 하는 것이 원칙이다.

그런데 현실적으로 한국의 젊은이들은 아무런 대가도 지불하지 않은 채 옵션을 당연한 것처럼 생각하고 있다. 심지어 방황하는 것에 대한 책임도 부모에게 지운다. 스스로 방황하면서 그 책임을 부모에게 집어던지는 것이다.

어떤 부모가 자식이 방황하기를 바라는가? 자식이 방황할 조건을 부모가 만들어내기라도 하는가? 청춘의 방황은 오로지 스스로의 결정에 의해, 자기 자신의 선택으로 진행되는 옵션 중 하나이다. 그런데 자신이 선택한 옵션의 대가를 부모에게 떠넘기는 이상한 일이 벌어지고 있다.

20세면 법적으로도 성인이다. 부모가 대신 책임질 수 없는 나이다. 무엇이든 스스로 해야 한다. 그 이후 부모가 주는 모든 것은 옵션이다. 안 해줘도 되는 것을 해주고 있는데, 여기저기서 풀 옵션을 공짜로 받았다는 이야기를 하자 많은 청춘들이 옵션을 기본으로 생각하고 있다.

누구라도 공짜를 받아야 할 권리는 없다. 부모는 사랑한다는 이유로 자녀에게 주고 있을 뿐 빚진 것도 없고 의무도 없다. 청년이여, 부모의 사랑을 이용해먹지 말라. 사랑을 이용해먹는 인간은 정말 치사한 인간이다. 스무 살이 넘으면 더 이상 부모에게 사랑을 요구하지 말라. 20년을 받았으면 앞으로 20년 동안은 받은 사랑에 감사하고 보답하기 위해 노력하는 척이라도 해야 하는 것이 맞지 않은가?

신병 훈련소의 고민 상담소에 새로운 교관이 부임했다. 전임자들의 상담 기록을 살펴보는 동안 그의 얼굴은 점점 굳어져갔다. 생각보다 충격적인 상담 내용들이 기록되어 있었기 때문이다.

"사람을 죽이고 싶다!"

"매일 밤 총검으로 교관을 찌르는 꿈을 꾼다."

"세상에 폭탄을 던지고 싶다."

"탈영하고 싶다."

"매일 한 번씩 머리에 총을 겨눈다."

상담 기록을 살펴보는 중에 신병 하나가 상담소 문을 열고 들어섰다. 찾아온 이유가 무엇이냐고 묻자 신병은 대답을 피하고 주변만 두리번거리며 엉뚱한 질문만 반복하였다. 뭔가 큰 고민을 가진 것처럼 보이는데 자신의 문제를 드러내지는 못하고 힘들어했다. 교관은 신병에게 아무 염려하지 말고 고민을 털어놓아도 된다고 다독였다. 교관의 말에 조금 힘을 얻었는지 신병이 말을 꺼냈다.

"제가 지금 하려는 말은 훈련 성적에 악영향을 줄 수도 있습니다."

교관은 조금 전에 읽었던 상담 기록들을 떠올리며 최악의 상황에 어떻게 대처해야 할지를 생각하며 말했다.

"그래도 문제를 숨기는 것보다는 말하고 푸는 것이 나을 것 같은데!"

"교관님은 제 말을 객관적으로 들으실 자신이 있으십니까?"

교관은 신병에게 약한 모습을 보여서는 안 된다는 생각으로 단호하게 대답하였다.

"물론이다! 무슨 일인데 그러나?"

교관의 단호한 말이 떨어지자 병사는 갑자기 눈물을 떨구며 겁먹은 표정을 짓더니 울먹이는 소리로 고민을 털어놓았다.

"엉엉! 엄마가 보고 싶어요! 참을 수가 없어요! 이래도 제가 훌륭한 군인이 될 수 있나요? 엉엉!"

대단한 고민을 기대했던 교관은 어린 아이 달래듯 신병의 어깨를 토닥이며 조금만 참으면 진짜 군인이 될 것이라는 말로 위로하고 첫 상담을 무사히 마쳤다.

부모 그늘에 있던 청년은 부모와 함께 있는 것이 얼마나 고마운 일인지 모른다. 그러나 군에 입대하여 아무도 돌봐주지 않는 혼자만의 상황에 이르게 되면 그동안 자신이 얼마나 많은 호강을 누리고 살았는지를 비로소 깨닫는다. 원하면 언제든지 따뜻한 물로 손발을 씻을 수 있고 샤워도 할 수 있는 것, 먹고 싶은 것과 즐겨 먹는 것을 언제든 만들어주는 어머니의 손길, 일어나라는 아침 잔소리, 그만 잠자리에 들라는 저녁 핀잔이 얼마나 행복한 것들이었는지를 알게 되고, 자신이 누리고 있던 모든 것들이 당연한 것이 아니라 엄청난 옵션이었다는 것을 실감하게 된다.

20년을 사랑했으면 이제 부모는 돌려받을 때도 된 것이다. 받은 만큼 다 돌려드리지는 못해도 성의라도 보여야 하는 것 아닌가? 부모가 기대하는 것은 그리 큰 것도 아니다. 그저 자식이 자기 힘으로 남들만큼 사는 정도면 충분하다.

그런데 많은 청춘들이, 아주 많은 청년들이 자기 힘으로 남들만큼 살려 하지 않고 부모에게 남들만큼 살게 해달라고 매달리고 있다. 자기 인생을 스스로의 힘으로 살려 하지 않고 부모의 힘으로 살려 한다. 독립할 때가 지났는데도 독립하지 않는다. 자기 힘으로는 남들만큼 사는 것이 불가능할 것이라고 생각한다. 그러면서 부모에게는 세대차이가 난다, 젊은 세대를 이해하지 못한다, 고리타분하고 세상의 흐름에 뒤처진다고 이야기한다.

정말 시대에 뒤떨어지는 것은 자녀를 위해 아무 조건 없이 생활비를 대주는 부모가 아니다. 부모의 돈으로 남들이 누리는 것을 다 누리려고 하는 무능한 청년들이다. 없으면 쓰지를 말든가! 자기가 번 돈이라고는 땡전 한 푼 없으면서 상류층처럼 소비하는 청년들이 과연 시대의 흐름을 따라가는 사람일까?

부모만큼 성실하지 않고, 노력하지도 않고, 성격이 좋지도 않고, 착하지도 않고, 참을성도 없고, 내일에 대한 계획도 없으면서, 부모보다 잘 살기를 바라기만 한다면 과연 그 꿈은 이루어질까?

스물이 넘어서 부모에게 받는 것은 모두 옵션이다. 어떤 청년도 그 옵션을 위한 대가를 치른 사람은 없고 받아야 할 이유를 갖지도 않았다. 스물이 넘어 청년이 되었다면 이제 부모님을 조금 편하게 해드릴 때가 된 것이다.

008

부모가 잘 못 키웠어도
이제부터 잘 살면 된다

이제부터 잘 살면 된다. 스무 살부터 시작해도 늦지 않다. 성격이 나쁘면 성격을 고치면 되고, 머리가 나쁘면 공부하면 되고, 돈이 없으면 벌면 되고, 몸이 약하면 운동하면 된다. 할 수 없다는 생각, 조건이 안 된다는 생각, 어렵다는 말은 꺼내지도 말라. 방법을 찾으면 있고 찾지 않으면 없다.

내 주위에, 명문대학을 졸업한 부모님을 하루아침에 교통사고로 잃고 장례를 마친 후 물려받은 재산 하나 없이 중학생 시절부터 스스로의 힘으로 살아야 했던 사람이 있다. 그의 첫 직장생활은 중학교 2학년 때 시작되었다. 지역 신문사에서 우편으로 신문을 발송하는 일과 근거리 배달이었는데 다른 일자리를 찾을 수 없었던 그는 성실할 수밖에 없었다.

주간 학교를 다니다가 일을 시작하면서 야간으로 반을 옮겼다. 공부를 하지 않는 아이들이 정원 외에 추가로 입학하던 야간부였기에 그의 야간부로의 이전은 정신 나간 짓이었다. 하지만 그에게는 자신의 생활비를 벌기 위한 어쩔 수 없는 선택이었다.

낮에 일하고 밤에 공부하기 위해 학교에 도착하면, 늦게까지 자다가 실컷 놀고 등교한 친구들의 활달한 표정과는 다르게 그는 늘 피곤한 표정으로 졸음에 빠져들어야 했다. 졸다보면 집에 갈 시간이 되었다. 주간부에서 상위권을 달리던 그의 성적은 야간부에서 중간의 자리에 머물렀고 그는 평범한 야간 학생이 되었다.

첫 직장에서 그의 태도가 어찌나 성실했는지 그는 수차례 다른 곳으로 가려 했지만 그때마다 회사는 새로운 조건을 제시해 그를 잡았다. 그래서 그는 고등학교를 졸업할 때까지 그곳에 머물렀다. 회사는 그의 등교시간이 빨라지면 일찍 갈 수 있게 해주었고, 새벽에 다른 아르바이트를 하면 늦게 나오도록 출근 시간을 조정해주었고, 시험기간에는 근무중에도 책을 펴놓고 공부할 수 있는 특권을 주기도 했고, 수시로 바뀌는 그의 상황에 맞게 근무 조건을 바꾸어주었다. 그의 부지런함 덕분에 남들이 한나절 걸려서 해야 할 일도 짧은 시간에 처리할 수 있었기에 근무시간은 적었지만 해놓은 일의 양은 훨씬 많았다.

부모가 없는 사람은 군대 면제가 되어야 하지만 구청의 서류상 문제로 인해 그는 군에 입대를 해야 했다. 월세를 정리해서 은행에 예금하고 짐을 친구에게 맡긴 후 입대하여 배치 받은 곳은 훈련병들이 가장 꺼려하는 최전방 수색부대였다. 그곳은 물도 나오지 않아 세수도 일주

일에 한 번밖에 할 수 없었다.

첫 휴가를 나온 그가 군 생활은 어떠냐는 친구들의 말에 웃으며 대답하였다.

"지금까지 살면서 요즘처럼 마음 편한 적은 없었어! 입을 옷 주고, 밥 주고, 재워주고, 피우지도 않는 담배까지 줘서 동료들에게 선심 쓰게 해주고, 간식도 주고, 운동까지 시켜주고……. 빨래만 하면 내 일은 아무 것도 없어. 군대가 이렇게 편한 곳인지 정말 몰랐어!"

"수색대는 힘들다고 하던데?"

"세수도 맘대로 못한다던데?"

"세수야 일주일에 한 번 하는데, 밖에 나올 때만 해도 되지 뭐! 잘보일 사람도 없는데?"

그렇게 그는 남들이 가장 힘들다고 하는 최전방 수색대를 가장 편한 마음으로 마치고, 제대 후 다시 사회로 돌아와 지금까지 평균 세 개의 직업을 유지하며 넉넉한 사람들이 사는 지역에서 가정을 이루어 살아가고 있다.

그는 스무 살이 되기 훨씬 전인 중학교 2학년 때부터 스스로 살길을 찾아서 성실히 생활하였고 지금까지 아주 잘 살고 있다. 친구들이 술자리에서 부모에 대한 불평이라도 하면 여지없이 그는 친구들에게 한마디를 던진다.

"나는 그런 부모라도 있었으면 좋겠다. 혼내고 잔소리하는 부모가 아니라 병들어서 누워 지내는 부모라도 살아 계시기만 하면 더 바랄 것도 없겠다!"

　무식한 부모 만나서 사람다운 교육을 받지 못했다고 해도 그건 스무 살 이전의 문제다. 무식한 부모가 그 자식을 병들게 하지 않고 20년을 키운 것만 해도 놀라운 일이다. 스무 살부터는 지식이 부족한 부모가 해주지 못한 일을 스스로 해결하면 된다. 이 책을 읽을 수 있을 정도의 사람이라면 스스로의 삶을 만들어갈 수 있는 충분한 조건을 가진 사람이다.

　자신의 부모가 잘못 키운 것을 탓한다고 해서 나아질 것은 없다. 부모의 능력이 부족했거나 지식 수준이나 활동 능력이 부족해서 제대로 성장할 기회를 얻지 못했더라도 스스로 살 수 있는 나이가 되었는데도 성장배경을 슬퍼하고 있는 것으로는 아무런 도움을 얻을 수 없다.

　어차피 인생은 철이 들어야 시작된다. 스무 살 이전에 성공한 사람은 거의 없다. 인생의 성공은 어린 시기에 달린 것이 아니라 스스로 살 수 있는 시기에 달려 있다. 완전한 성장배경에서 자라난 사람은 한 명도 없다. 모든 사람의 배경은 다 문제가 있다. 너무 가난해도 너무 부요해도 문제이고, 너무 편해도 너무 어려워도 문제이다. 어차피 문제 속에서 모든 인생이 시작되기에 진정한 성공은 자신에게 주어진 문제를 어떻게 풀어가느냐에 달려 있다고 할 수 있다.

　문제에 계속 머물러 있지 말라. 부모의 문제이든 환경의 문제이든, 성장 배경의 문제이든 가슴속에 메아리치는 상처이든, 스물이 되기 전에 있었던 것으로 스물 이후의 삶을 괴롭히지 말라. 스물이면 모든 것을 다시 시작할 수 있는 나이다.

언제까지 부모의 무능을 탓하며 인생을 낭비할 생각인가? 부모가 잘 못 키웠어도 이제부터 잘 살면 된다. 잘 사느냐 못 사느냐는 과거의 문제가 아니라 현재의 문제이고 미래의 문제이다. 오늘부터 잘 살면 앞으로는 계속 잘 살게 될 것이다.

009 부모의 그늘에 있는 자를
청년이라 하지 말라

거리에서 오픈카를 타고 지붕을 연 채 도로를 달리는 사람들을 만난다. 차를 자랑하고픈 마음에 자신의 얼굴까지 보여주고 싶은 모양이다. 그들의 얼굴엔 당당함과 도도함이 가득 차 있다. 마치 "나는 이 정도의 차를 타고 다니는 사람이야! 우리 집은 이 정도의 차를 몰고 다닐 정도로 돈이 많지!"라고 말하는 듯하다.

사람들이 그들의 모습에서 무엇을 발견하는지 모르지만, 나는 그들에게서 철없는 소년의 모습을 발견한다. 아빠 구두를 신고 나와서 얼마나 좋은 건지 자랑하는 어린 소년, 타인이 그것을 보고 부러워해주길 바라는 어린 아이들을 보는 듯하다.

소년이 할 수 있는 것은 아버지의 것을 자랑하는 것뿐이다. 자신이 스스로 이룬 것이라고는 아무 것도 없기에 아버지의 구두를 신고 나와 제대로 걷지도 못하면서 자랑하는 그 모습과 오픈카를 탄 청춘과 다를 바가 없다.

그 젊은 나이에 스스로 벌어서 그 차를 샀을 리 없다. 분명 아버지에게 매달려서 차를 사달라고 졸라서 얻어냈을 것이 분명하다. 그는 지금 아버지의 차를 끌고 나와 우리 아버지는 이런 사람이다, 라고 말하고 있는 것이다.

지인 중에 전문 기타리스트가 있다. 그는 천재적인 기타 솜씨로 수많은 가수들의 음반 작업을 도와주었다. 그렇게 수고한 결과 중형 외제차를 탈 수 있을 만큼의 넉넉한 형편이 되었다. 비싼 기타를 보호하기 위해서라도 쉽게 도난당하지 않을 만한 자동차가 필요해지자 그는 검은색 중형 외제차를 마련했다.

행사를 위해 호텔이나 귀빈들의 공연장에 초대를 받으면 그는 자신의 차를 타고 호텔로 간다. 입구에서 내리면 그는 중형차를 탄 귀빈이 아닌 기사 대접을 받는다. 다른 중형차를 타고 온 사람들은 모두 깍듯한 예의가 담긴 인사와 함께 주차 요원의 안내를 받지만 그는 항상 주인 없는 차를 끌고 온 젊은 기사 대접을 받는다. 이유를 곰곰이 생각한 후 그는 차의 색깔을 흰색으로 바꾸었다. 그 후엔 차에 걸맞는 귀빈 대접을 받을 수 있었다.

검은색 중형 외제차를 끌고 온 청년을 대하는 호텔 직원들은 그를 그 차의 주인이라고는 생각하지 않은 것이다. 그가 무대에 올라 기타를 연주하기 시작하면 자신들의 실수를 알게 되지만 이미 상황은 종료된 후였다. 자신에게는 검은 색 중형차가 어울리지 않는다는 결론을 내린 그는 자신에게 어울릴 법한 흰색으로 차를 바꾼 후 진정한 주인으로 대접받을 수 있었다.

진정한 의미에서 나는 아직 오픈카를 탄 청년을 만난 적이 없다. 차를 타고 있는 청년들의 모습이 그 비싼 차를 살 돈을 벌 만한 사람의 얼굴이 아니었다. 철없는 소년이 아버지를 졸라서 얻어 탄 차인 것을 한눈에 알 수 있었다.

자신이 번 돈이었다면 그런 차를 타고 창문을 연 채 거리를 돌아다닐 만큼의 시간은 없었을 것이다. 그런 사람은 아직 소년이다. 청년이라는 말은 독립적인 사람에게만 붙일 수 있는 말이다. 부모의 힘으로 살아가는 사람은 아무리 나이를 먹었어도 소년이다. 엄마 없이 아무 것도 결정하지 못하고 아무 일도 해결하지 못하는 소년에 불과하다.

나이에 어울리지 않는 비싼 옷을 입은 사람, 한 달 월급으로는 살 수 없는 가방을 든 사람, 집보다 비싼 차를 타고 다니는 사람을 청춘이라 부르지 말라. 그는 아직 소년이고 소녀이다. 부모의 것을 자랑하고 싶은 철없는 어린 아이일 뿐이다. 그들을 보며 부러워하지도 말라.

진정한 청춘은 자기 손으로 땀 흘려 번 돈으로 바지를 사고 셔츠를 사고 자전거를 사는 사람이다. 부모든 형제든 남에게 받은 것으로 살아가는 사람, 자기 손으로 밥값을 벌지 않고 하루 세끼를 먹고 사는 사람은 아직 청년이라고 할 수 없다. 그는 자신에게 밥을 주는 사람에게 매달린 겁 많은 아이일 뿐이다.

010 아버지 돈으로 산 차를
부끄러워하라

창피해서 어떻게 끌고 다니는가?

자기 돈으로 산 차가 아니라는 것을 딱 보면 아는데.

그렇게 당당한 척하지 말라.

청년의 스포츠카는 결코 자랑이 아니다.

잘사는 부모 만나면 어린 나이에도

비싼 차를 탈 수 있다는 것을 보여주는 것밖에 아무 것도 아니다.

마음 약한 부모님이

비싼 장난감을 사달라고 조르는 어린 아이의 성화에,

큰 맘 먹고 선심 쓰는 것처럼 조금 더 큰 장난감을 사준 것뿐이다.

이제 자기 것과 부모의 것을 구분할 나이도 되었건만

스무 살이 넘어서도 부모를 졸라 비싼 장난감을 마련하는가?

스무 살이 되었으면 스포츠카를 타기보다 차라리 버스를 타라.

아버지 돈으로 산 고급 차를 탄 청년에게 미래란 없다.

그 이후 이루어지는 것은 모두 그 아버지의 미래다.

자신의 힘으로 이루는 것보다 아버지가 제공하는 것이 쉽고 편하기에

그는 결코 자기의 인생을 살 수 없을 것이다.

아버지의 그늘에 가려 평생 자기가 번 돈으로는

버스 한 번 탈 수 없는 더부살이 인생이 될 것이다.

자기 돈으로 버스를 타는 청년에게 미래가 있다.

그가 내는 버스비가 아버지의 돈이라 할지라도

버스비를 얻어 쓰는 청년을 욕할 사람은 없다.

버스비는 부모에게 신세질 수 있는 최소한의 허용 범위이기 때문이다.

그리고 그는

아버지 돈으로 오픈카를 사서 만족한 듯 타고 다니는 청년과는

다른 대접을 받는다.

때로 옆사람에게 떠밀리고 밟히기도 하지만

철없다는 눈총을 받지는 않는다.

그는 결코 버스비 정도로 만족하지 않을 것이다.

무엇을 해도 버스비만큼은 벌 수 있으리라.

청춘이 버스를 타는 것은 부끄러운 일이 아니다.

정말 부끄러운 것은

아버지의 돈으로 비싼 장난감을 사서 끌고 다니는 것이다.

단원 2

스무 살
청춘 독립 선언

011 스무 살
독립 선언

스무 살에 나는 온 세상에 고하노라,

나는 스스로 존재하는 인간이다.

오늘 이 자리에 나를 있게 한 것이 무엇이든

지금 나는 내 손 안에 나의 인생이 담겨 있음을 본다.

내 손을 위로 펼치면 하늘을 날게 될 것이고

내 발을 광야로 뻗으면 땅 위를 달리게 될 것이다.

손을 움직이면 무엇이든 할 수 있을 것이고

손을 오므리면 아무 것도 할 수 없을 것이다.

다리를 펴면 어디든 갈 수 있을 것이고

다리를 접으면 아무 데도 갈 수 없을 것이다.

나는 스무 살이다.

우는 것 외에 아무 것도 할 수 없는 젖먹이를 지나

엄마를 애타게 찾으며 낯 가리던 때와

주는 밥 먹고 열심히 뛰어 놀던 때

이유 없이 대들며 사랑과 은혜를 원망하던 때와

돈을 주는 부모보다 그 돈을 같이 쓰는 친구를 더 좋아하던 때를 지나

이제야 알 만한 건 다 알 수 있는 스무 살이 되었다.

빈손으로 태어나서 부모에게 신세 지고 20년을 살았으니

이제 더는 하루라도 신세 지는 인생을 살아갈 수 없다.

20년을 빚 졌으니 그 빚을 언제 다 갚을 수 있을까?

20년의 사랑을 다 갚지는 못해도

더 이상 매달려서 힘들게는 하지 않을 것이다.

내 인생의 진정한 나이는 이제 한 살이다.

지금부터 내 인생은 내가 책임질 것이기 때문이다.

스무 살은 나의 인생 독립 원년이다.

19년을 살았으나 내 힘으로 산 것이 아니기에

나는 세상에 존재하나 내 인생은 아직 시작되지 않았었다.

스무 살이 되어 내 힘으로 살기 시작하면

비로소 내 인생은 한 살로 다시 태어나는 것이다.

지금까지 나의 머리는 많은 생각으로 가득 찼었으나

그 생각은 내 것이 아니었다.

많은 갈등과 아픔과 사연이 가슴에 맺혀 있으나

그것을 아파하는 사람은 내가 아니었다.

험난한 세상을 살아오기는 했으나

그것을 살아낸 것은 나의 힘이 아니었다.

지금까지 나의 모든 생각, 갈등과 아픔의 세상살이는

내 것이 아닌 부모님의 것이었다.

이제 나는 스무 살이다.

더 이상 내 인생을 부모님이 책임지게 할 수는 없다.

내가 부모님의 인생을 책임져야 할 때다.

내가 아니면 아무도 나의 세상을 바꿀 수 없다.

세상이 나를 망치도록 버려두지 않을 것이다.

세상에 끌려다니지도 않을 것이다.

세상을 원망하지도 않을 것이다.

대신 내가 원하는 곳으로 세상을 끌고 갈 것이다.

나는 어떤 것에도 매달리지 않을 것이다.

내 어깨에 세상을 매달고 갈 것이다.

나는 이제 스무 살이다.

독립을 선언하노라.

012 스무 살이면
독립하라

1945년 8월 15일, 대한민국이 해방되었다. 독립에 대한 의지를 불태우던 많은 청년들이 목숨을 걸고 투쟁하였고, 전쟁을 겪어내고, 가난을 이겨냈다. 청년들에 의해 독립한 나라가 독립한 지 60년이 넘은 지금, 이 땅의 청년들은 독립하지 못하고 있다. 점점 더 부모의 그늘 아래 자신을 가두고 있다.

잘 먹고 많이 배워서 이전 세대보다 키도 크고 똑똑하고 말도 잘하고 행동에도 망설임이 없는데, 스스로 먹고 사는 능력만은 지식과 외모에 비해 보잘것없이 작아지고 있다.

가난하던 시대의 청년들은 스물이 되기도 전에 부모의 짐을 덜어주었다. 그러나 부요한 시대에 살고 있는 지금의 청년들은 부모의 짐을 덜어주지 못하는 정도가 아니라 부모의 짐이 되고 있다.

일할 만한 기업도 없고 좋은 일자리도 없던 시절의 청년들은 새벽부터 밤늦게까지 일을 했는데 수없이 많은 회사와 일자리가 있는 이 시대의 청년들은 더 좋은 일자리를 위해 구름처럼 세상을 떠돌고만 있다.

일평생 한 번도 여행을 떠나지 못하던 과거의 청년들은 아무런 불평 없이 일에 매달려 살면서도 가족과 자녀들에게는 원하는 곳이 어디든 갈 수 있도록 해주었다. 그러나 아버지의 희생으로 원하는 곳을 어디든 갈 수 있게 된 지금의 청년들은 가고 싶은 곳이 너무 많아서 일하지 않으려 한다. 청년의 모든 조건이 나아진 것은 분명한데 자립정신만은 나아지지 않고 뒤로 후퇴하고 있다.

청년이여, 스무 살이 되면 독립을 선언하라. 독립하지 않은 나라는 모든 것에서 점령국의 간섭을 받아야 하듯, 독립되지 않은 청년은 모든 부분에서 부모의 간섭을 받아야 할 것이다. 그런데 독립은 하지 않고 간섭은 거부하는 이상한 청년들이 있다.

독립할 생각이 없다면 부모의 모든 간섭을 당연한 것으로 받아들여야 한다. 자라면 자고, 일어나라면 일어나고, 공부하라면 공부하고, 먹으라면 먹고, 일하라면 일하고, 일찍 들어오라고 하면 일찍 들어가야 한다. 그런 간섭이 싫다면 독립하는 것밖에 다른 도리는 없다.

독립은 무작정 하는 가출이 아니다. 그것은 반항심의 표출로서 20세 정신을 갖지 못한 철부지 소년들의 유치한 행동이다. 부모가 아무런 걱정을 하지 않을 만한 조건을 만든 후에 자신의 삶을 건강하고 건전하게 꾸려가는 것이 청춘의 진정한 독립이다.

부모에게서 정신적·경제적으로 자립하는 것은 청춘이 자신의 삶을 살기 위한 독립의 첫 단계이다. 대학을 졸업하고 취업해서 돈을 벌기 시작할 때가 독립해야 할 때라고 많은 사람들이 생각하지만 그것은 너무 늦다. 스스로 돈을 벌고 생활할 수 있는 나이는 20세면 충분하다. 실제로 그렇게 살아가는 청년들이 아주 많다. 그리고 그렇게 일찍부터 자신의 삶을 독립적으로 살아가는 청춘들은 더 많은 자기 발전의 기회와 성공의 기회를 소유하게 된다.

같은 나이라도 독립적인 청춘과 의존적인 청춘은 아주 많은 차이가 있다. 그것은 마치 운전자와 조수석에 앉은 사람이 각각 다르게 도로의 상황과 표지판을 인식하는 것과 같다. 운전자는 한 번 간 길을 모두 외우고 있다. 다시 그 길을 가게 되면 그는 망설임 없이 핸들을 조작할 수 있다.

그러나 조수석에서 창 밖의 경치만 바라보던 사람은 자신이 간 길을 알지 못할 뿐만 아니라 어디로 가야 하는지 어떻게 돌아가야 하는지를 전혀 알지 못한다. 독립된 청춘은 운전석에 앉은 사람처럼 책임감과 위기의식을 가지고 사방으로 눈을 굴리며 세상을 살펴보고, 언제 전진하고 언제 서야 할지를 아는 사람이다.

독립된 청춘은 먹고 놀 시간이 없다. 설령 그런 시간이 생길지라도 그 시간을 아까워하는 청년이 독립된 청춘이다. 먹고 놀 기회를 찾아서 여기저기를 기웃거리는 청년, 마시고 취하는 것을 청년의 특권으로 생각하는 청춘은 술 먹을 자격만 가진 소년에 불과하다.

대한민국 남자는 20세가 되면 군대를 가야 한다. 그것은 한국 사회가 객관적으로 20세를 부모에게서 독립할 수 있는 나이라고 평가했기 때문이다. 부모가 자식을 군대에 보낼 때는 '이제 철 좀 들어서 오려나? 혹시 사고라도 나면 어떡하지?' 하는 두 마음이 함께 있다.

국가에서 법으로 정하지만 않았다면 부모는 아직 어려 보이는 자식을 자진해서 군대로 보내지 않을 것이다. 하지만 한편으로는 군대가 청년에게 자신의 인생을 살 수 있는 연습의 기회라고 생각하고 독립적인 존재가 되어서 돌아오길 기다린다.

그러나 안타깝게도 많은 청년들이 군에 있는 동안만 독립적인 사람이 되었다가 제대와 함께 다시 부모의 그늘로 돌아간다. 국가에서 법으로 정한 그 좋은 독립의 기회가 편안하고 풍족한 시대의 청년에게는 진정한 독립의 기회가 되지 못하고 있다.

스무 살이면 모든 것을 스스로 해야 한다. 스무 살 청춘이여! 숲속에 버려진 어린 사자가 되어라. 살기 위해 비와 해와 바람을 피하고, 정글의 제왕이 되기 위해 짐승과 전갈을 피하며 기다리는 사자처럼 자신의 때를 위해 험한 세상을 살아내는 비결을 터득하라. 세상의 혹독함과 역경에 밀려 다시 부모의 그늘로 기어들지 말라.

홀로 된 어린 사자가 때로 먹을 것을 위해 죽을힘을 다해 달리고, 양식이 될 것을 만나면 끝까지 물고 늘어지고, 비가 오면 동굴로 피하고, 해가 내리쪼이면 그늘로 들어가듯, 청춘이여, 살아남기 위해 할 수 있는 것은 무엇이든 하라. 달려야 하면 거침없이 달리고, 땀 흘려야 하면 아낌없이 흘리고, 고민하고 고생해야 한다면 망설이지 말라.

광야의 어린 사자에게 저절로 주어지는 것은 아무 것도 없듯 세상에서 청춘에게 저절로 주어지는 것은 없다는 것을 처절하게 받아들여라. 원망할 것도 없다. 아무도, 어떤 것도 원망하지 말라.

어린 사자가 사냥꾼에게 잡혀간 어미사자를 원망해봐야 현실적으로 변할 것은 아무 것도 없다. 사냥꾼에게 잡혀가듯 이리저리 세파에 떠밀리며 살아온 힘없는 부모를 원망해봐야 좋아질 것은 하나도 없다. 하늘을 원망한다고 바라는 것이 하늘에서 떨어지지도 않는다.

광야에 버려진 어린 사자는 아무 것도 원망하지 않는다. 천둥과 번개가 치면 동굴로 숨었다가 해가 비추면 동굴을 나와 다시 사냥을 시작한다. 청춘이여, 하늘을 원망하지 말라. 하늘이 그대를 향해 천둥과 번개를 치지 않는 것만으로도 고마워하라.

013 독립 정신

그리스 코린트 시에 디오게네스가 살고 있었다. 그는 소크라테스의 제자 중 한 사람인 안티스테네스를 찾아가서 제자가 되겠다고 하였다. 그러나 거절당하고 함께 있던 안티스테네스의 제자들에게도 조롱당했지만 물러서지 않고 버티면서 스스로 제자가 되었다.

소크라테스의 또 다른 제자인 플라톤이 사람을 털 없는 짐승이라고 표현하자 디오게네스는 플라톤에게 털을 뽑은 알몸 닭을 보내기도 하였다. 청빈한 생활을 강조하며 정작 자신은 큰 집에 살고 있는 플라톤을 못마땅하게 여기고 있다가 비가 오는 날 진흙투성이의 발로 방문하여 플라톤의 침대 위를 걸어다니기도 했다.

때로는 사람들을 놀라게 하는 돌발적 행동으로 물의를 일으키기도 했지만 일절의 사심과 욕심이 없는 그의 삶은 많은 사람들에게 감동을 주었다. 꼭 필요한 것 이상은 소유하지 말라고 가르쳤고, 자신의 말처럼 그는 옷 한 벌과, 책을 보기 위한 호롱불 하나, 잠을 자기 위한 커다란 나무통 하나 외엔 아무 것도 소유하지 않았다.

햇볕을 좋아하는 그가 일광욕을 즐기고 있을 때 그리스를 정복한 알렉산더가 찾아왔다. 알렉산더가 코린트에 입성하자 모든 학자들과 유명 인사들이 찾아와서 얼굴을 보였지만 디오게네스는 나타나지 않았다. 그에 대한 소식을 익히 알고 있던 알렉산더는 그가 어떤 사람인지를 알아보기 위해 그가 있는 곳을 찾아왔다.

자신의 숙소인 나무통에 기대 앉아 반쯤 감긴 눈으로 그림자들을 바라보고 있는 디오게네스에게 신하들이 호통을 쳤다.

"대왕께서 오셨다!"

신하들의 말을 듣고도 디오게네스는 조금도 놀라지 않았고, 자세를 고치지도 않았다. 그의 무례한 태도에 신하들이 고함을 질렀지만 그는 여전히 감은 눈을 뜨지 않은 채 아무런 대꾸도 하지 않았다. 신하들이 병사들을 시켜 그를 일으켜세우려 하자 알렉산더가 병사들 앞으로 나서며 직접 자신을 소개하였다.

"나는 대왕 알렉산더다!"

대왕의 말에 디오게네스는 비로소 몸을 움직이며 사람들이 자신에게 붙여준 호칭을 대왕이라는 말과 비교되도록 사용하여 대답하였다.

"저는 개 같은 디오게네스입니다."

"너는 내가 두렵지 않은가?"

"대왕께서는 좋은 사람입니까?"

"그렇다고 할 수 있지!"

"대왕께서 좋은 사람이라면 내가 왜 두려워해야 합니까?"

디오게네스의 말을 들은 대왕은 그가 대왕에게조차 잘보이고 싶어하는 마음이 없는 사람임을 알아차렸다. 그리고 그런 사람에게 처벌을 내린다는 것은 자신의 명예를 훼손하는 일이라고 생각하였다. 자신에게 잘보이려는 생각이 없는 것을 확인한 알렉산더가 다시 물었다.

"나는 그대가 바라는 것은 무엇이든 해줄 수 있다. 내가 그대를 위해 무엇을 해주면 좋겠는가?"

말 한마디만 잘하면 궁궐 같은 집이라도 얻을 수 있게 된 디오게네스가 왕에게 대답하였다.

"햇볕이 가리지 않도록 옆으로 조금 비켜주시면 감사하겠습니다!"

대왕은 옆으로 발걸음을 옮기면서 다시 물었다.

"다른 것은 더 없는가?"

"저에게 한 줄기 햇빛보다 중요한 것은 없습니다. 대왕의 호의에 감사드립니다!"

대화가 끝나자 디오게네스는 무심한 표정으로 다시 눈을 감았고, 알렉산더는 발걸음을 돌렸다. 무례한 디오게네스를 혼내줘야 한다며 흥분하는 신하들에게 알렉산더가 말했다.

"내가 알렉산더만 아니라면 저 디오게네스가 되었을 것이네!"

디오게네스는 그가 살던 시대에서 가장 독립적인 삶을 살았던 사람이다. 사회제도와 사람들의 평판, 사회적 신분과 지위, 전통적인 가치관에서조차 그는 독립된 사람이었다. 모든 사람이 대왕을 만나면 도움을 요청하지만 그는 대왕을 자신을 비추는 햇빛을 가리는 사람으로 보았을 뿐이다.

진정한 독립은 나 아닌 다른 사람에게 아무 것도 바라는 것이 없을 때 가능하다. 남에게 바라는 것이 많은 사람은 독립 정신이 부족한 사람이다. 주위 사람들에게 바라는 것이 거의 없는 사람은 거의 독립한 사람이다. 남에게 바라는 만큼 실망하게 되고 상처도 입게 될 것이다. 아무 것도 바라는 것이 없을 때 완전한 독립생활이 가능해진다.

사람을 소개받고 돌아와서 실망했다고 말하는 사람들의 이야기를 잘 들어보라. 그를 실망시킨 것은 무엇인가? 자신이 바라는 이상형에 많이 못 미친다는 것이 그들이 실망하는 주요 내용이다.

그러면서 그렇게 이야기하는 사람은 자신이 상대방에게 무엇을 해줄 수 있는지에 대한 이야기는 조금도 하지 않는다. 자신이 상대를 위해 해줄 수 있는 것은 아무 것도 없으면서 상대로부터는 생각하는 전부를 받고 싶어한다.

"마음이 넓은 사람을 만났으면 좋겠어요!"
"이해심이 많은 사람이면 더 바랄 게 없어요!"
"나의 단점을 가려줄 수 있는 사람이면……."
"실수도 눈감아줄 수 있는 사람……."
필자는 이렇게 말하는 청춘들을 많이 만나보았다. 처음엔 그 말을 곧이곧대로만 들었다. 그러나 시간이 지난 후에 그들이 바라는 것은 그것이 다가 아니라는 것을 알았다. 마음이 넓은 사람을 바란다는 말은 집과 학력과 실력과 재산과 좋은 직장과 키와 외모까지 어느 하나 빠짐없이 구비된 사람 중에서 마음까지 넓은 사람을 의미하는 것이었다.

요즘 청춘들은 드라마 같은 인생을 꿈꾸며 살고 있다. 매일 방영되는 드라마 속의 크고 화려한 집, 협찬받은 최신형 중형차를 타고 다니는 백수, 언제든 자기 마음대로 시간을 낼 수 있는 자유로운 직장, 언제나 환영받는 백화점의 귀빈 고객 정도를 일상생활로 보여주는 드라마의 삶을 자신의 미래상으로 가지고 있다. 그러니 시간과 일에 시달리며 근근이 살아가는 현실에서 만나는 성실한 사람들에게서 얻을 수 있는 것은 실망밖에 없는 것이 당연하다.

사람을 만나서 자주 실망하는 사람은 그 횟수만큼, 아니면 그 정도만큼 남에게 종속된 삶을 살고 있다고 생각하면 된다. 남에게 매달려 살 생각이 아니라면 사람을 만나서 실망할 일이 그렇게 자주 있지는 않기 때문이다.

독립 정신은 남에게 기대하지 않는 마음이다. 독립적인 사람은 남에게 무엇을 얻을 수 있을까를 생각하지 않고 내가 남에게 해줄 수 있는 것이 무엇인가를 생각하는 사람이다. 그 대상이 부모일지라도 마찬가지다. 19세까지는 그럴 수 있다. 아직 독립할 나이가 아니기 때문이다. 하지만 스무 살이면 바뀌어야 한다. 더 이상 부모님이 주시는 것을 당연하게 받아들여서는 안 된다. 하나를 받으면 하나만큼의 대가를 지불해드려야 한다.

부모는 스무 살 된 자녀에게 기대하지 않겠지만 그래도 독립적인 인생을 계획하고 있다면 무엇으로든 보답해드리는 연습을 시작하라. 실제적인 소득으로 해드릴 수 없다면 부모님의 노후를 책임지겠다는 말로라도 일단 보답의 약속을 제시하라. 그리고 천천히 그 약속을 진행시키면 된다. 그 약속이 이루어지는 만큼 청춘은 독립할 수 있을 것이다.

로리 존 게이츠를
부러워 말라

그가 가장 잘한 것은 빌 게이츠 회장의 아들로 태어난 것이다. 2011년 현재 그는 11세이다. 아직 아무 것도 이룬 것 없고 어떠한 가능성을 가졌는지조차 알려지지 않았다. 태어난 후 잘 살기 위해서 그가 한 일은 아무 것도 없다. 아무 것도 하지 않아도 잘 살 수 있는 모든 조건이 이루어져 있었다. 앞으로 그가 정말 잘 살기 위해서는 아버지의 벽을 넘어서는 방법밖에 없다.

빌 게이츠는 자신의 아버지보다 큰일을 했다. 그래서 아버지에게 자랑스러운 아들이 되었다. 과연 빌 게이츠의 아들은 아버지보다 더 큰일을 할 수 있을까? 그의 아버지가 자랑스럽게 여길 만한 인물이 될 수 있을까? 사고를 치지 않고 사는 것만으로도 다행이라고 여기는 아들이 되지는 않을까? 한국 재벌가의 자녀들은 사회적인 물의를 일으키지만 않아도 잘 자랐다는 말을 듣는다. 그 정도가 한국 재벌가의 수준이라니, 안타까운 일이다.

모든 조건이 다 갖춰진 상태에서는 누구라도 잘 살 수 있다. 다 갖춘 상황에서는 잘 살지 못하면 욕먹는 일밖에 남아 있는 것이 없다. 단 한 번의 실수로도 욕을 먹는 재벌 2세의 자리가 부럽다면 어쩔 수 없다. 그런 청춘은 부러움에 가득 찬 눈빛으로 남들만 바라보며 살다 가는 수밖에 다른 도리가 없다.

태어나서 밥 세끼 잘 먹고 근심 걱정 없이 사는 것 외에 다른 꿈을 갖지 못한다면 한평생 사는 것이 그에게 어떤 의미가 있는가? 났으면 뭔가 해야 하지 않을까? 사람으로 난 것이 짐승으로 난 것과 다를 바 없다면 과연 사람다운 생을 살았다고 할 수 있을까?

사람이 인생을 산다는 것은 성숙하고 발전하는 것을 의미한다. 왜 그래야 하는지를 다 설명할 수는 없다. 하지만 역경과 고난을 이긴 사람들에게만 존경이 주어지는 것을 보면 잘 산다는 것은 당면한 문제를 해결하고 열악한 환경을 극복하는 등 더 나은 사람이 되기 위한 노력이 반드시 필요하다는 것을 알 수 있다.

"내가 이건희 아들로 태어났으면!"
"내가 롯데 회장 딸이면 좋겠어!"
"친척 중에 재벌이 하나라도 있으면 얼마나 좋을까?"
"우리 부모님이 대통령 고향 친구 정도만 되었어도!"
회식자리나 젊은이들의 모임에서 흔히 들을 수 있는 말이다. 많은 청춘들이 연줄에 매달려서 성공하고 싶어한다. 그들이 생각하는 성공은 거의 비슷하다. 먹고 사는 것을 걱정하지 않을 정도의 많은 돈, 아침 일찍 출근하지 않고 늦잠을 자고 일어나 천천히 출근해서 도장 몇 번 찍고, 수영장으로 가서 체력 단련하고, 주말이나 휴일이 아니라도 휴양지에서 여가를 즐기며 한가롭게 낭만을 즐기는 장면이 그들이 바라는 성공 모습이다.

과연 그것이 성공의 참모습일까?

그렇다면 휴양지에 취업하면 된다. 성수기엔 바쁘겠지만 성수기가 지나면 얼마든지 여유롭게 매일 휴양지에서 낭만적인 분위기를 즐길 수 있다. 성수기에도 부지런하기만 하면 틈틈이 성공한 사람처럼 여유로운 모습으로 살 수 있다.

그러나 젊은이들이 바라는 성공은 그것도 아니다. 어떠한 책임감도 없이, 바쁜 것도 없이, 해야 할 일도 없이, 신경 쓸 일 하나 없이, 완벽하고 아름다운 연인과 함께 먹고 노는 것을 성공이라고 생각한다. 무위도식하며 남아도는 시간을 재미있는 소일거리로 채우는 삶을 수많은 청춘들이 꿈꾸고 있다.

그것은 성공이 아니다. 인간적인 삶의 모습도 아니다. 성공의 역할은 그런 것이 아니다. 책임질 일을 가지고 있고, 해야 할 일이 있고, 신경 써야 할 것들을 가지고 있는 것이 성공이다. 남들이 어렵게 하는 일을 쉽게 하고, 밤 새워야 마칠 법한 일을 단숨에 처리하고, 골치 아픈 일을 후련하게 해결할 수 있는 경험과 능력을 가진 것이 진정한 성공이다.

그러한 성공은 먹고 노는 사람에 의해 이루어지지 않는다. 많은 경험과 노력, 갈등과 실패를 겪어낸 사람만이 그러한 성공을 누릴 수 있고, 업무 완수 후에 오는 만족과 여유를 즐길 수 있다.

아무 것도 하지 않은 사람에게 주어지는 휴가는 무의미와 무가치한 시간의 연속이고, 공허함의 연장이며, 뭔가 이루어야 할 일을 제쳐둔 것 같은 끊이지 않는 불안의 연속이다. 하지만 힘든 과정을 마친 사람에게 주어지는 휴가는 수고한 대가로서의 포상이고, 내일을 위한 재충전의 시간이며, 당장 해결해야 할 일을 미루고 도망친 사람과는 다른 완전한 평화의 시간이다.

진정한 성공은 하늘과 저녁노을이 만들어내는 낭만이 아니다. 고난과 역경을 이기는 비결을 찾아낸 사람의 인생 경험이 참된 성공이다. 그에게는 비오는 날도, 바람 불고 추운 날도, 눈으로 길이 막힌 날도 낭만이 된다.

다시는 재벌가의 아들을 부러워 말라. 부러워한다는 것은 결코 성공할 수 없는 인생을 살기로 결심하는 것과 같다. 모든 사람은 각각 다른 조건에서 태어난다. 자신이 태어난 조건은 스스로 선택할 수 있는 것이 아니다. 남의 조건을 부러워하는 것은 아무리 큰 성공을 이루었을지라도 실패자의 운명을 끌어안고 사는 것이다.

015 1세대가
되라

재벌 2세는 운이다. 그야말로 재수 좋으면 돈 많은 집 자식으로 태어나서 되는 것이 재벌 2세다. 2세는 건달이라도 될 수 있고, 바보라도 될 수 있다. 재벌 2세는 사람들에게 부러움을 받기는 하지만 그 자체로는 결코 존경받지 못한다. 운 좋은 사람을 누가 존경하겠는가? 그 앞에서 사람들이 고개를 숙이는 것은 존경심의 표현이 아니라 사업적 거래를 위한 행동일 뿐이다.

존경받지 못하는 사람은 행복하지 않다. 재벌 2세는 존경이 아닌 대접을 받는 사람이기에 진정한 행복을 얻기는 어렵다. 대접을 받는 만큼의 대가를 지불할 능력이 떨어지는 순간 그의 행복은 경멸의 위치로 떨어질 위기에 처한다. 그런 측면에서 재벌 2세는 보통의 청춘들보다 정서적으로 불안한 위치에 있다.

환경적인 요인으로 행복을 느끼는 것은 철들기 전까지다. 성숙한 인식을 가진 사람은 풍요한 환경만으로는 행복할 수 없다. 주어진 환경으로 편하고 안락하게 살 수는 있지만 존경받는 행복은 결코 얻을 수 없다. 존경받는 행복은 스스로 일어선 1세대만 가능하다.

2세는 운에 달려 있고 1세는 자기 손에 달렸다. 2세로 태어나지 못한 사람이 할 수 있는 것은 1세가 되는 것밖에 없다. 명문 가문으로 부러움의 대상이 되고자 하는 청춘이 아니라면 스스로 명문 가문의 1세가 되면 된다.

교수의 자녀로 태어나지 못한 것이 한스러운 사람은 스스로 교수 부모가 되면 된다. 교수 집안의 자녀로 태어나는 것은 운명이지만 교수 아버지, 어머니가 되는 것은 자기 하기 나름이다. 어린 시절 잘난 집 친구들이 그렇게 부러웠다면 자신의 자녀를 잘난 집 자녀로 만들어주어야 하지 않겠는가?

2세는 될 수 없어도 1세는 될 수 있다. 2세의 길은 태어나는 것으로 결정되지만 1세의 길은 살아가면서 되는 것이다. 당신은 어떤 것을 추구하며 살겠는가? 2세를 부러워하며 세상과 하늘을 원망하며 살 것인가? 아니면 1세가 되어 자신의 자녀를 2세로 태어나게 할 것인가?

아테네의 장군 이피크라테스는 대대로 구두를 만드는 집의 아들로 태어났다. 그는 아버지가 들고 있는 구두 망치 대신 장군들의 칼을 잡고 싶었다. 자신의 아버지와는 다른 길을 가고 싶었던 그는 장군이 되기 위해 무술을 연마하고 학문에 몰두하였다.

결국 스스로의 노력으로 장군이 된 그는 많은 사람들의 존경을 받았지만 시기도 받았다. 그를 가장 싫어하는 사람 중에 명문 가문의 아들인 하모디우스라는 경쟁자가 있었다. 하모디우스는 자신보다 뛰어난 이피크라테스를 볼 때마다 속이 상했다. 그는 형편없는 구두장이 가문에서 태어난 사람이 자신보다 더 인정받는 자리에 있는 것이 매우 못마땅했다.

이피크라테스는 그리스 역사상 경보병을 가장 잘 활용한 사람이었고, 경제개혁을 성공적으로 완수한 장군이었다. 방패의 크기를 줄이고 창의 길이를 늘여서 전투의 신속성을 높였고, 갑옷을 가볍게 하고, 무릎 보호대의 모양을 바꾸어서 병사들의 활동 반경을 늘이기도 하였다.

그가 제안하는 개혁안들이 많은 사람들에게 인정받자 하모디우스는 사사건건 이피크라테스에게 딴죽을 걸었다. 그러던 중 국가 정책을 논의하는 자리에서 두 사람의 의견이 나뉘었고, 많은 사람들이 이피크라테스의 의견에 동조하여 하모디우스는 수세에 몰리게 되었다. 더 이상 참을 수 없게 된 하모디우스는 모든 사람이 알고 있지만 아무도 이야기하지 않는 이피크라테스의 출신에 대해서 큰 소리로 말했다.

"천하에 보잘것없는 구두장이 집안 출신인 주제가 도대체 무얼 하려는 건지 모르겠군!"

그의 말을 들은 사람들은 고개를 돌려 이피크라테스를 바라보았다. 과연 그가 무슨 말로 이 상황을 매듭지을 것인가? 자신의 가장 취약한 부분을 건드린 하모디우스에게 결투라도 신청하지 않을까?

많은 사람들이 두 사람의 얼굴만을 번갈아 바라보는 가운데 살얼음 같은 정막을 깨고 이피크라테스가 하모디우스에게 대답하였다.

"나의 가문은 나로부터 시작된다. 하지만 너의 가문은 네가 마지막이 될 것이다!"

그 사건이 있은 후 이피크라테스는 더 많은 사람들의 존경을 받는 인물이 되어 대대로 명망 있는 가문을 세웠고, 그를 조롱했던 하모디우스는 자신의 삶이 끝나기도 전에 가문을 형편없이 몰락시키고 말았다.

명가는 저절로 만들어지지 않는다. 명가를 세운 1세가 있기에 명가가 탄생하는 것이다. 그리고 명가의 몰락 또한 저절로 되지 않는다. 수십 년 또는 수백 년을 쌓아온 지명도를 무너뜨릴 만큼 지독히도 못난 사람 한 명이 있으면 명가는 몰락하고 만다.

명가 2세로 태어나지 못한 청춘들이여! 그대들이 할 수 있는 유일한 일은 명가를 만드는 1세가 되는 길뿐이다. 흔한 드라마의 소재인 '출생의 비밀'을 기대하지 말라. 혹시 내가 어릴 때 실종된 재벌 가문의 2세는 아닐까? 하지 말라. 아니다.

드라마는 세상에 있을 수 없는 이야기들로 구성된 허구일 뿐이다. 실제로는 잃어버린 가족을 찾은 다음에 행복해지기보다 오해와 갈등이 심해져서 더 힘들어하는 사람들이 있다는 것을 알고 있는가?

인생을 운에 맡기지 말라. 운으로 되는 명가 2세는 아무리 노력해도 잘 되지 않는 복권 당첨과 같은 것이다. 막연한 가능성에 매달리지 말고 누구라도 될 수 있는 1세가 되라. 1세의 학력은 그리 높지도 않다.

그들이 처음으로 시작한 일은 그리 대단한 일도 아니다.

현대그룹의 창립자인 정주영은 쌀집 배달원으로 사회생활을 시작했고, 삼성그룹의 창립자 이병철은 고물장수 출신이었다. 이랜드 그룹의 박성수 회장은 이대 뒷골목의 작은 가게에서 옷을 팔던 사람이었고, 디즈니랜드의 창립자 월트 디즈니는 할 일이 없어서 헛간에서 생쥐를 그리던 사람이었으며, 애플의 스티브 잡스 역시 헛간에서 혼자 전자제품을 조립하던 사람이었다. 1세의 경력은 그리 화려하지도 않고 대단할 것도 없다. 화려한 경력의 1세는 없다. 초라한 상황을 극복하기 위한 몸부림이 명가 1세와 재벌 1세를 만든 바탕이었다.

청춘이여! 이제 언론에 보도되는 2세들의 화려한 등장에 눈길을 멈추지 말라. 이루어지지 않을 행운을 기대하며 망상에 사로잡힌 어린 소년이 되지도 말라. 스물이면 이제 소년의 환상에서 벗어나 현실을 바라볼 때이다. 이미 태어나면서부터 화려한 2세가 되긴 글렀으니 1세가 되기 위한 일을 시작하라. 골방이든 헛간이든 뒷골목이든, 세상의 한쪽 구석 정도면 명가 1세가 되기엔 충분한 조건이다.

공부에 방해되면
연애도 하지 말라

연애를 하지 말라는 것은 아니다. 마땅히 해야 할 일을 제쳐두고 연애에 빠지지는 말라는 말이다.

모든 일에는 때가 있다. 청춘의 시기에는 연애보다 공부가 더 중요하다. 공부를 마친 다음에 연애하라. 공부하는 중에 만난 사람보다 공부를 마친 다음에 만난 사람이 더 나을 확률은 99%이다. 선택하는 능력도 나이를 먹으면 월등히 좋아지고, 어느 정도 공부를 마친 사람은 상대를 보고 판단하는 능력도 성숙해진다. 100%가 아니라고 해서 자신을 1%의 가능성에 속한 사람이라고는 생각하지 말라. 이 책을 읽고 있는 그대는 그 1%에 들지 않을 사람이다.

많은 사람들이 인생역전을 위해 복권을 산다. 복권이 당첨될 확률은 번개를 맞을 확률과 같거나 높다고 한다. 하지만 매주 수백 만의 사람들은 그 불가능에 가까운 확률이 자신에게 적용될 것이라는 착각으로 복권을 산다. 그리고 다른 사람이 당첨된 것을 확인하고서야 착각에서 빠져나온다.

세상을 살 만큼 살다가 모든 일에 실패하고 인생의 모든 희망을 잃은 사람이라면 복권이라도 사라고 말하고 싶다. 희망이 없는 사람은 살아갈 힘을 낼 수 없기 때문이다. 세상 어느 곳에서도 희망을 발견할 수 없는 사람이라면 복권이라도 사서 그것에 희망을 걸고 일주일을 참으며 살아가는 것이 나쁜 일이라고는 할 수 없다. 그렇게라도 살다보면 뜻하지 않은 기회를 만나서 새로운 희망이 생길 수도 있기 때문이다. 그리고 대부분 살아남은 사람에게는 반드시 기회가 온다.

그러나 세상살이를 본격적으로 시작도 하지 않은 청춘들은 99%의 확률을 제쳐두고 1%의 가능성에 매달려 살 이유가 없다. 이상적인 상대를 만나 행복한 가정을 이루고 싶다면 그 이상을 이루기 위한 가장 좋은 길을 선택해야 한다. 그 길이 공부하는 길이다. 착하고 잘생기고 성실하고 능력 있는 사람과 연애를 하고 싶다면 그 소망의 크기만큼 공부해야 한다.

청춘의 시기를 지나온 사람들은 모두 공부하라고 이야기한다. 공부보다 중요한 것은 없다고 한다. 그러나 청춘들은 공부 말고 다른 것을 하고 싶어한다. 공부보다 더 중요한 것이 많고, 공부하지 않아도 잘 살수 있을 것 같다. 그런데 아니다. 공부보다 중요한 것은 없다. 공부를 방해하는 것은 모두 청춘의 인생을 가로막는 장애물이다. 청춘들은 자신을 가로막는 장애물을 스스로 끌어들이고 있다.

필자가 이런 내용을 말한다는 것은 상당히 조심스럽지만, 모든 청춘들을 나의 조카라고 생각하고 한마디 해주고 싶다. 청춘의 시기에는 우정보다, 연애보다, 외로움보다, 상처와 아픔보다, 공부가 중요하다.

화가 나는 일이 있으면 사람을 만나서 화를 풀지 말고 그 분노의 힘으로 공부하라. 속상한 일이 있어도 이를 악물고 공부하라. 슬픈 일이 있으면 눈물을 흘리며 공부하라. 그 어떤 것도 공부를 방해하지 못하게 하라. 공부를 마친 후에 돌아보면 그 모든 것들은 공부한 결과로 인해 보상되고도 남을 것이다.

다음은 고등학교의 급훈들이다. 인터넷 블로그에 교실 사진과 함께 올라온 것을 보면 꾸며진 내용은 아닌 것 같다. 그중에는 이미 비공식적인 속담이 되어서 익히 알고 있을 것들도 있다.

"한 시간 더 공부하면 마누라 얼굴이 달라진다!"

"수능 등급 올라가면 남편 직업 달라진다!"

"대학 가서 미팅할래, 공장 가서 미싱할래?"

"오늘 흘린 침은 내일 흘릴 눈물이다."

"공부할래, 맞아 죽을래?"

"잠은 죽어서 자라!"

"공부하다 죽어라!"

이 중에는 언론을 통해 비난을 받은 내용도 있다. 여성 비하적인 내용이다, 직업의 귀천을 나누는 비인도적인 말이다, 학력 위주의 사회를 조장한다, 생명 경시 풍조다 등등 다양한 의견들이 있다. 하지만 이런 급훈들은 그런 목적으로 하는 말들이 아니다. 이 말들이 강조하는 것은 딱 한 가지다. 학생들에게 공부의 중요성을 강조하는 것.

이런 급훈들을 정하는 대부분의 사람은 학생들을 지도하는 교사들이다. 필자는 개인적으로 이런 급훈을 만들어낸 교사들에게 박수를 보내고 싶다. 그분들은 학생들의 장래를 깊이 생각한 사람이기 때문이다. 그분들은 자신의 지나간 청춘을 돌아보며 가장 필요한 것이 공부라는 것을 발견하였기 때문에 그것을 극적으로 표현하고 싶었던 것이다.

"공부하다 죽어라!"

어떻게 자신이 가르치는 학생들에게 죽으라는 말을 할 수 있느냐고 반박할 사람들이 있을 것이다. 그러나 그 의미는 죽으라는 말이 아니라는 것을 어린 아이들도 알 수 있다. 공부하는 것만이 정말 잘 살 수 있는 길이라는 것을 알기에 자신의 제자들이 잘 살기를 간절히 바라는 교사의 심정을 표현한 것이다.

필자가 아는 박윤선 신학교수가 하신 말씀을 청춘들에게 들려주고 싶다. 그분은 7개 국어를 자유롭게 구사하고, 성경 원문을 얼마나 많이 연구했는지 거꾸로 외울 정도였다고 한다. 지금은 돌아가셨지만 한국의 신학자로서 세계의 학계가 인정하는 유일한 분이었다. 그는 쉬는 시간에 잡담을 하고 있는 제자들에게 종종 이렇게 말씀하셨다.

"공부하세요, 공부! 공부하다 죽는 것은 순교입니다. 죽을 만큼 공부하세요!"

017 바닥을 쳐라

바닥을 치지 않으면 절대 뛰어오를 수 없다. 높이 뛰어오르려면 세게 쳐야 한다. 다치지 않게 살살 떨어져서는 높이 오를 수 없다. 위에서 끌어 올려준다면 바닥을 치지 않아도 높이 오를 수 있다. 하지만 그런 일은 당신에게 일어날 만큼 흔하지 않다. 그렇게 올라가봐야 인정받기도 어렵고 존경받지도 않는다.

산을 정복하는 완전한 방법은 바닥에서부터 오르는 것밖에 없듯 빈손의 청춘이 완전하게 정상에 오르는 방법은 바닥에서부터 오르되 바닥을 세게 치는 것밖에 없다. 바닥에 닿는 것이 두려워 조심스럽게 내려가면 계속 바닥을 굴러다니게 된다.

바닥은 가장 낮은 곳, 외면당하고, 무시당하고, 욕먹고, 창피당하고, 인정 못 받고, 고생스럽고, 고독하고, 아픈 곳이다. 그런 바닥을 좋아할 사람은 아무도 없다. 왜 그런 인생의 바닥이 생겼는지는 필자도 알 수 없다. 존재하는 모든 인생이 그런 곳으로 떨어지지 않기를 간절히 바란다. 하지만 현실에는 분명 그런 바닥이 있고, 그 바닥으로 떨어지는 사람과 헤어나오는 사람들이 있다. 그리고 우리 자신도 삶의 와중에 그 바닥에 떨어지는 날이 온다.

모든 청춘들이 바닥을 경험하지 않고 순탄한 인생을 살 수 있으면 좋겠지만 그건 희망사항일 뿐이다. 누가 언제 바닥에 이르게 될지 알 수 없는 세상에 우리는 살고 있다. 그러므로 살다가 스스로의 인생이 바닥으로 밀려나고 있다는 생각이 들 때, 타의에 의해 바닥으로 떨어질 위기에 처하게 될 때는 떨어지지 않기 위해 매달리지 말고 마지막 힘을 내서 스스로 바닥을 쳐라. 떠밀리면 바닥에 처박히지만 스스로 바닥을 치면 다시 뛰어오를 수 있다. 가능하면 세게 쳐라. 그래야 더 높이 뛰어오를 수 있다.

캐나다 총리 장 크레티앵의 별명은 시골호박이다. 그가 현직 총리로 재직하고 있을 때 '총리의 피자 습격 사건'이라는 기사가 난 적이 있다. 사건의 내용은, 장 크레티앵이 한밤중에 부인과 함께 아무런 예고 없이, 게다가 보좌관이나 경호원도 대동하지 않고 피자가게에 나타나 피자를 먹으며 사람들과 이야기를 나누고 돌아간 것을 언론에서 '습격'이라고 표현한 것이었다.

장 크레티앵은 총리이면서도 권위를 내세우지 않고 서민적인 삶을 즐기는 사람이었다. 한쪽 귀는 들리지 않았고, 안면근육 마비증상이 있어서 발음은 어눌하고 얼굴도 균형을 이루지 못한 사람이다. 그러면서도 93년 총리가 된 이후 3회를 연임한 역사적인 인물이기도 하다.

그는 자신의 단점이나 장애를 숨기지 않는다. 선거 유세에 나서서 대중 연설 중에 "저는 언어장애가 있습니다. 저는 늘 마음과 생각을 다 전하지 못할까 하는 염려를 가지고 살아가고 있습니다!"라고 고백함으로써 오히려 더 많은 갈채와 관심을 받기도 했다.

총리가 되어서 기자 회견을 하는 중에 언어장애를 가졌다는 솔직한 그의 고백을 기억한 어느 기자가 질문을 던졌다.

"총리는 한 나라를 대표하는 정치인입니다. 그런 총리가 언어장애를 가졌다는 것은 치명적인 결점이라고 생각합니다. 총리로서 본인의 장애를 극복하기 위해 어떤 계획을 가지고 계신지 말씀해주십시오."

예상치 못한 기자의 질문에 회견장은 찬물을 끼얹은 듯 적막에 휩싸였다. 개인적 장애와 아픔이 공공의 화젯거리가 되고, 정치적인 이슈로 떠오를 수 있는 위기에 처한 것이다.

주변에 있던 일부의 사람들은 그따위를 질문이라고 하느냐는 표정을 지었고, 질문한 기자를 곁눈질로 돌아보며 중얼거리는 사람도 있었다. 하지만 총리는 주어진 질문에 대답할 수밖에 없었다. 앞에 서 있는 총리보다 앉아 있는 기자들이 더 불편해하는 상황에서 모든 사람들의 눈이 총리를 향했다.

잠시 생각에 잠겨 있던 총리가 대답하였다. 그리고 그의 대답은 역대 최고의 명답으로 남았고, 그의 인기는 하늘 높이 치솟았다. 아마도 그의 총리 3선의 비결은 그 한마디의 대답일 거라고 생각하는 사람들도 많을 것이다.

"네 그렇습니다. 저는 언어장애로 인해 말을 잘 하지는 못합니다. 그렇지만 절대 거짓말은 하지 않습니다."

총리의 간단한 대답이 끝나자 이례적으로 기자 회견장에 있던 모든 사람이 박수와 함께 환호를 보냈고, 방송을 보고 있던 국민들도 박장대소했다. 그리고 장 크레티앵은 캐나다 역사상 최장수 총리가 되었다.

인생에 위기가 닥친 순간 혹은 바닥으로 떨어질 위기에서 떨어지지 않기 위해 연줄이나 친분, 체면이나 자존심의 줄을 잡고 대롱대롱 매달려 있는 것은 아무런 도움이 되지 않는다. 망신의 공포와 실패의 두려움에 떠는 시간을 연장할 뿐이다.

오히려 스스로를 바닥으로 내던져서 빨리 망신을 당하는 것이 낫고, 실패의 쓴맛을 보는 것이 낫다. 그러면 주위에서도 더 이상 공격할 수 없게 된다. 자존심을 버린 사람은 자존심이 상할 일이 없고, 이미 망신에 빠진 사람을 더 망신 줄 수도 없다.

바닥을 치고 살아남은 사람은 물리적으로는 바닥에 있을지 모르지만 정서적으로는 참자유를 얻게 된다. 자수성가한 사람, 물려받은 것 없이 스스로 자신의 성공을 만든 사람, 역사에 흔적을 남긴 위대한 인물들 중에 바닥을 치지 않은 사람은 없다.

청춘이여, 바닥을 두려워 말라.
바닥에 주저앉지 말라.

바닥을 굴러다니지 말라.

살금살금 바닥으로 내려가지 말라.

쓴맛을 확실히 보고, 아픔을 처절하게 경험하고,

눈물의 떡볶이와 라면 국물을 먹으며 살아남으라.

충분히 바닥을 경험하라.

그리고 바닥을 치고 높이 뛰어오르라.

높이 오르고 싶은 만큼 세게 바닥을 쳐라.

바닥을 모르는 사람은 결코 정상에 오를 수 없다.

018 분노의 힘으로
바둑판을 불태워라

오른쪽 얼굴 전체에 붉은 반점을 가지고 태어난 저우쥔쉰은 어릴 때부터 주위의 따가운 눈길을 받아야 했다. 여섯 살 때부터 아버지에게 바둑을 배운 그는 초등학교 3학년 때 아세아항공배 바둑대회에서 우승을 차지한다. 하지만 학교 친구들은 그를 귀신처럼 생긴 아이라고 놀렸고, '흑백낭군'이라는 별명을 붙여주었다.

바둑 천재라고 불렸지만 학교 친구들은 그를 바둑 잘 두는 아이보다는 이상하게 생긴 아이로 취급하였다. 친구들에게 따돌림을 당하면 그는 화를 풀기 위해 더 이상 달릴 수 없을 때까지 혼자 운동장을 달렸고, 그래도 화가 풀리지 않으면 바둑판 앞에 앉아 분노를 삭였다.

결국 친구들의 놀림거리가 되는 것을 이기지 못하고 저우쥔쉰은 학교를 그만두게 된다. 그리고 학교 공부를 하지 않는 대신 아버지에게 배운 바둑에 더 깊이 빠져들었다. 바둑을 두는 시간에는 사람을 만나지 않아도 되고, 바둑을 두는 동안에는 자신의 모습도 잊을 수 있었기 때문이다.

저우쥔쉰은 타고난 불행을 이기는 방법으로 바둑을 선택하였다. 그는 사춘기의 불안한 정서와 청년기의 불같은 감정을 바둑판에 불살랐다. 자신에게 붉은 반점을 물려준 부모를 원망하는 마음이 들 때면 바둑판에 매달려 화가 가라앉을 때까지 일어나지 않았다.

자신을 쳐다보는 이상한 눈길과 자신을 보고 놀라는 여학생들을 보며 상처를 입을 때도, 세상을 원망하는 마음이 일어날 때도 바둑판 앞에 앉았다. 참을 수 없이 힘든 일이 있을 때도 그는 바둑판 앞을 떠나지 않았다. 바둑판은 그의 인생 전쟁터가 되었다. 사람들과 싸우고 싶을 때 그는 사람과 싸우지 않고 바둑판 위에서 검은 돌과 싸웠다.

바둑판에서 모든 분노를 불태운 저우쥔쉰은 대만 명인전에서 13연패라는 유일무이한 기록을 이루어낸다. 대만 바둑 역사상 최초로 국가의 추천을 받아 중국 유학을 떠나게 되고, 대만 사람으로서는 처음으로 공인 9단을 취득해서 귀국한다.

대만 국내대회에서는 두각을 나타내던 그였지만 바둑 강국인 한국과 중국, 일본 사이에서 고전을 겪고 있는 대만 바둑계의 흐름을 이기지 못하던 차에 2007년 한국에서 벌어진 LG배 국제바둑대회에서 우승을 차지한다. 드디어 대만 바둑계가 처음으로 세계 최고의 자리에 올라서는 기록을 세우게 된 것이다.

친구들의 따돌림으로 학교생활에 적응하지 못했던 저우쥔쉰은 교과서 내용의 인물이 되어서 다시 학교로 돌아갔다. 대만 학생들이 배우는 교과서에 실린 붉은 얼굴의 어린 기왕이라는 이야기는 저우쥔쉰의 이야기이다.

분노는 사람의 속에서 타오르는 엄청난 에너지다. 특히 청춘의 분노는 대단한 화력을 가지고 있다. 그 분노의 불은 두 가지 방향으로 타오를 수 있다. 하나는 자신을 태우고 부모를 태우고 형제와 가족의 마음을 태워서 검은 재만 남게 하는 지옥불이다. 다른 하나는 의욕과 비전으로 타올라서 인생의 아픔과 상처를 태우고, 고민과 갈등, 세상의 모든 문제를 태우고, 청춘을 가로막는 고통의 환경을 태워 없애는 천국의 불이다.

저우쥔쉰은 외모에 대한 끓어오르는 분노를 바둑판에서 불태웠다. 자신의 분노로 사람을 상대하는 대신 검은 돌을 상대했다. 그리고 그 분노의 힘으로 놀라운 집중력을 발휘할 수 있었다. 화나는 일은 누구에게나 있다. 화가 나는 것까지는 아무 문제가 없다. 그러나 화나는 순간 그 화를 어떻게 태우느냐는 중요한 문제가 된다.

타오르는 분노를 사람에게 향하지 말라. 분노의 힘으로 사람을 상대하면 반드시 사고가 발생한다. 사고는 후유증을 남기고 후유증은 때로 평생을 고통에 빠뜨릴 수도 있다. 분노가 솟아오를 때, 그때는 모든 일을 그만둘 때가 아니라 그 일들에 더욱 빠져들어야 할 때이다.

분노의 힘은 지칠 줄 모르는 에너지를 방출하고, 한 가지 일에 몰두할 수 있는 집중력을 발휘하게 한다. 평소 체력으로는 엄두도 내지 못한 일이 있다면 화가 치밀어오를 때 그 일을 시작하라. 그리고 화가 가라앉을 때까지 그 일을 놓지 말라. 화가 가라앉은 다음엔 분노의 힘이 얼마나 대단한 일을 성취하게 하는지를 발견하게 될 것이다.

지나간 시절의 고난을 이야기하는 사람들 중에 이를 악물고 살아왔다는 사람들이 있다. 그들의 이야기를 들어보면 그들의 이를 악물 수 있게 한 것이 분노였음을 알 수 있다. 억울함을 당하고, 외면당하고, 실패하고, 차별당한 순간에 그들이 취한 행동은 이를 악물고 더 악착같이 자신의 일에 매달리는 것이었다. 그 결과 남들이 부러워할 만한 성공을 이루게 되었다.

청춘이여, 그대는 어떤 분노를 가지고 있는가? 그 분노의 힘으로 무엇을 할 것인가? 화가 난다고 술병을 꿰차고 앉아서 신세 타령이나 하며 젊음의 에너지를 허공으로 날려보낼 것인가? 그 분노의 힘으로 일 한 가지를 더 하고, 책이라도 한 권 더 태울 의향은 없는가?

끓어오르는 분노를 참을 수 없다면 그 힘으로 운동장을 달리고, 격투기를 배우고, 나팔이라도 불어대면 좋지 않을까? 혹시 아는가? 그 타오르는 분노의 힘이 성공의 발판을 만들어줄지?

아니, 분명 그대의 분노 에너지는 그대를 성공으로 이끌 것이다. 청춘의 분노 에너지는 그대를 성공시키고도 남을 만큼의 힘을 가지고 있다. 그러나 동시에 그 힘은 그대를 철저하게 파괴할 능력을 가지고 있다는 것을 기억하기 바란다.

그대는 분노의 에너지로 무엇을 상대할 것인가? 사람을 상대할 것인가? 사물을 상대할 것인가?

분노의 대상은 사람이 아니라 사물이어야 한다. 그러면 그 분노의 힘은 반드시 그대를 세상의 한가운데 우뚝 서게 할 것이다.

019 그가 사는 법
_하나

　　그는 중학교 입학 후 한 번도 부모에게 용돈을 타본 적이 없다. 대신 부모에게 드릴 용돈을 벌기 위해 일을 시작했다. 방학이면 어김없이 아무 공사판이나 찾아가서 일을 시켜달라고 부탁했다. 얼굴은 어려 보이지만 힘을 쓸 만한 덩치의 그를 보고 책임자들은 어른들보다 적은 일당을 주기로 하고 힘만 있으면 할 수 있는 일자리를 마련해주었다.

　　그리고 그는 어른들보다 더 많은 일을 했다. 적은 일당으로 시키기에는 미안할 정도로 많은 일을 했다. 방학이 끝나서 학교로 가야 할 때가 되면 그에게 일을 시킨 사람들은 다음 방학 때 꼭 다시 찾아오라는 말을 했다.

　　학기가 시작되면 그는 학교를 다니면서 할 수 있는 일을 찾았다. 그는 숙제를 성실히 하지는 않았다. 성적도 좋지 않았다. 학교에서는 졸기에 바빴다. 그는 공부를 잘해서 선생님의 귀여움을 받는 모범생은 아니었다. 하지만 부모에게 심려를 끼칠 만한 문제도 일으키지 않았다.

그는 건달 같은 친구들과 어울려서 우정을 쌓았다. 그 친구들은 수십 년이 지난 지금도 어려운 일이 있으면 찾아와서 함께 밤을 지새운다. 하지만 그는 친구들과 함께 어울려 나쁜 짓은 하지 않았다. 매일 담배를 피워대는 친구들 사이에서도 담배 한 대 피우지 않았다. 용돈으로 술을 사 먹는 친구들 사이에 있으면서도 술 한 모금 마시지 않았다.

그는 부모의 돈으로 학교만 다니는 친구들이나 용돈이 넉넉지 않은 친구들과 후배들을 만나면 언제나 물주가 되었다. 스스로 번 돈으로 친구들을 위해 아낌없이 베풀었다. 친구와 후배들의 집안 형편은 다 그보다 나았지만 가장 어려운 집에 살면서 가장 많은 용돈을 사용하는 학생이었다.

중학교를 졸업할 때는 성적이 충분하지 않아서 먼 거리에 있는, 논과 밭 한가운데 세워진 실업학교에 들어가야 했다. 툭하면 결석하는 친구들 사이에서 그는 논길과 밭을 지나 학교를 다니면서도 단 하루도 결석하지 않았다.

수업이 끝나면 친구들은 거리를 방황하며 재미있는 것이 없나 하며 시간 보낼 일들을 찾아다녔지만 그는 아르바이트를 하는 곳으로 달려갔다. 그리고 거리에서 놀다가 더 이상 갈 곳이 없는 친구들은 그가 일하는 곳으로 찾아왔다. 친구들은 그가 혼자 하기 힘든 일을 함께하고 대신 그는 친구들에게 먹을 것을 대접하였다.

일터의 주인은 한 사람을 고용했지만 실제로 일하는 사람이 여럿인 사실을 알고 속으로 흐뭇해했다. 그는 일하는 곳에서 혼자인 적이 거의 없었다. 날마다 돌아가며 찾아오는 친구들은 그의 일을 함께하며 시간을 보냈고, 그는 일하는 곳에서 월급을 받으며 친구들과 어울릴 수 있었다.

고등학교를 졸업한 후 그는 건축 설계 회사에 취업하였다. 정식 직원으로 취업한 회사에서 7년 동안 근무하였다. 모든 일이 그의 손에 의해 이루어졌지만 그는 가장 적은 월급을 받으며 한 마디 불평도 하지 않고 일에 매달렸다.

언제나 성실하게 일하는 그에게 부업이 굴러들어왔다. 설계 사무실을 들락거리며 알게 된 작은 집을 시공하는 건축업자들이 그의 일하는 모습을 보고 비공식적인 설계도면을 부탁한 것이다. 정식으로 의뢰하기에는 너무 적은 분량의 일이지만 관공서에는 꼭 제출해야 하는 공식적으로 필요한 설계도면이었다.

회사에서도 그런 일이 있다는 것을 알았지만 정식으로 업무화할 수 없는 난처한 일들이었다. 이러지도 저러지도 못하는 일을 그가 처리하면 그 일은 회사와 그에게 서로 도움이 되곤 했다.

부탁을 받으면 그는 회사 일을 모두 마친 후 밤을 새워서 설계도면 위에 집 한 채를 짓는다. 그리고 월급의 30% 정도 되는 수고비를 받는다. 그러면 그것은 회사가 비공식적으로 인정하는 그의 보너스가 된다.

IMF 여파로 직원들을 내보내야 할 상황에서 그는 마지막까지 남아 있었다. 직원들의 점심 값이 부담이 되는 상황에 이르자 그는 출근하며 점심거리를 사서 밥과 국을 끓이기 시작했다. 그렇게 IMF가 끝날 때까지 그는 직원들의 밥을 직접 해서 점심을 해결하였다. 회사의 어려운 사정에 의해 설계부장까지 퇴직해야 하는 상황에서도 회사에서 그에게는 사표에 대한 말을 단 한 마디도 꺼내지 않았다. 그의 손에 직원들의 점심이 달려 있었기 때문이다.

7년을 근무한 그는 대학에 가고 싶은 생각이 들어 시간적 여유가 많은 회사로 옮기고 싶다는 말을 회사에 전했다. 그의 말을 듣고 회사에서는 다른 곳으로 가는 대신 대학을 다닐 수 있도록 산업체 특별전형 추천서와 함께 그의 근무시간을 조정해주었다.

새벽에 출근해서 일을 하다가 시간이 되면 학교로 가서 수업을 받고, 수업이 끝나면 다시 회사로 가서 밤늦게까지 일을 하고 집으로 간다. 그러는 와중에도 가끔은 집으로 가는 중에 만화방에 들러서 새로 출간된 만화를 밤을 새워 보다가 졸다가 하고는 아침에 다시 회사로 간다.

학기가 끝날 때쯤, 시험공부를 하느라고 회사 일에 신경을 쓰지 못하게 되고 업무가 느려지는 것이 느껴지면, 회사에서는 그를 위해 그가 들은 수업의 숫자만큼 고급 양주를 사준다. 그러면 그는 각 과목을 담당하신 교수들을 찾아가서 회사 사장님이 보낸 선물이라고 전달한다. 그러면 교수들은 그에게 회사에 다니며 공부하느라 고생이 많다는 말과 함께 시험에 대한 조언을 해준다.

그렇게 해서 얻은 시험 정보를 그는 같은 반 친구들에게 나누어준다.

그러면 학생들은 그의 정보에 따라서 시험 답안을 정리해서 그에게 전해주고, 그는 편한 마음으로 시험지에 답안을 적는다. 그리고 그와 함께 공부한 반에서는 한 명도 낙제하는 사람이 생기기 않는다.

　그는 대학을 다니면서 장학금을 타지는 않았다. 그렇지만 그는 지금 장학금을 받고 졸업한 동기들을 데리고 중견 설계 회사에서 설계팀을 이끌고 있다. 그리고 그는 지금 자신이 소망하던, 미스코리아도 따라올 수 없는 미모에 현명함까지 갖춘 서구적 이미지의 이상형 여인을 만나 두 아들을 낳고 행복한 가정을 이루어 살고 있다.

　그의 이름은 '조○일'이다. 그는 필자와 아주 가까이에서 함께 지내고 있는 제자 중 한 사람이다. 그에 대해선 할 말이 많지만 한 가지만 더 하겠다. 그는 고등학교를 졸업한 이후 여름휴가 3일, 결혼 휴가 일주일을 빼고는 쉬어본 적이 없다. 그가 쉬면 그의 가정을 돌볼 사람이 없었기 때문이다. 그는 언제나 일터에 있었다. 그는 청소년기부터 그렇게 가정을 지키는 삶을 살아왔다.

　필자는 이 글을 쓰면서 그의 동의를 구하지 않았다. 그렇게 하지 않아도 될 만큼 가까운 사람이기 때문이다. 책이 만들어진 후 그가 이 글을 보게 되면 필자가 기억하고 있는 자신에 대한 이야기에 놀라 큰 소리로 웃느라고 눈가에 눈물이 맺힐 것이다. 그는 그런 사람이다.

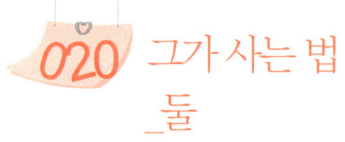

020 그가 사는 법
_둘

그는 대학 4년 동안 장학금을 받으며 공부했다. 부모님에게 등록금을 받아서 학교에 낸 적이 한 번도 없다. 대학을 졸업하고 대학원에 진학한 후에도 그의 부모님은 등록금 걱정을 하지 않았다. 좋은 학교라서 등록금이 비싸지도 않았고, 무엇보다 학교에서 장학금으로 처리해주었기 때문이다.

그는 질풍노도의 시기라고 하는 청소년기를 단 한 번의 말썽도 일으키지 않고 지나왔다. 신호등을 건널 때도 대각선으로 건너지 않고 보행자 선을 넘지 않고 일직선으로 건넌다. 그리고 대각선으로 건너는 친구들에게 왜 직선으로 건너야 하는지를 설명한다.

접는 우산을 사용한 후엔 공장에서 처음 출고될 때 잡힌 선을 따라 한 치의 흐트러짐도 없이 꼼꼼히 접어서 단추를 채워 보관한다. 때로는 어머니에게 우산 접는 법을 가르쳐드리기도 한다. 그리고 왜 우산을 그렇게 접어야 하는지를 설명한다. 어머니는 아들이 말하는 원리 원칙을 배우지만 아들처럼 원칙을 지키지는 못한다.

사람들과 소풍을 가서 찍은 사진을 인화해서 나누어주기 전에 어머니가 궁금해서 보려고 하면 인화지가 충분히 마르지 않아서 지문이 남기 때문에 사진의 가장자리를 잡아야 한다고 알려드린다. 어머니는 아들이 가르쳐준 방법으로는 사진을 빨리 넘기며 볼 수 없다. 그래서 인화지에 지문이 남지 않도록 집에 있는 하얀 장갑을 끼고 사진을 살펴보신다.

그는 많은 학생들에게 인기가 있었다. 그렇지만 한 번도 연애를 하지 않았다. 대학원을 졸업할 때까지 동창은 있었지만 손을 잡고 다닐 정도의 이성 친구는 한 명도 없었다. 너무 일찍 여자를 사귀면 방해받는 것이 너무 많다는 생각 때문이었다. 부모님은 아들에 대해서 한 번도 잘하라는 말씀을 하신 적이 없다. 항상 부모가 바라는 그 이상을 해왔기 때문이다.

국방의 의무를 위해 입대한다는 이야기를 듣고 어머니는 아들이 멀리 떨어진 곳으로 가거나 적응하지 못하면 어떻게 하나 걱정했지만 아들은 남들 다 가는 곳이니 아무 걱정도 말라고 했다.

훈련을 마치고 자대 배치를 받았다고 연락이 왔다. 대한민국의 대부분의 청년들처럼 그 역시 국방부에 연줄도 없고 인맥도 없는 청춘이었다. 그는 자신이 전공하고 있는 분야의 지식을 필요로 하는 부대에 배치되었다. 집에서 시내버스를 타고 20분이면 갈 수 있는 서울 근교의 정보부대 관리원으로 발탁된 것이다.

군에 입대한 후 첫 휴가를 나올 때 어머니는 무사히 첫 휴가를 나온 아들이 들어오는 현관으로 신발을 신을 겨를도 없이 달려나가셨다. 아들은 들어서면서 어머니에게 서둘지 말고 신발을 신으시라며 높이 올려져 있는 신발을 꺼내드렸다.

두 번째 휴가를 나올 때는 가족들이 모두 거실에 앉아서 들어오는 아들을 맞이했다. 그리고 아들은 한 달에 두 번씩 외박을 나와서 집으로 왔다. 대학을 다닐 때는 학기가 끝나야 집으로 오던 아들이 군대에서는 한 달에 두 번씩 집을 찾아왔다. 그가 군대에서도 잘 지내고 있는 것이 확인되자 가족들은 아들이 군 생활을 하고 있다는 사실을 잊고 지냈다.

그가 군 복무를 마치고 주말이 아닌 주중에 집에 돌아오니 가족들은 문을 잠그고 모두 외출하고 없었다. 그는 가족이 들어올 때까지 집 앞에 앉아서 기다렸다. 외출에서 돌아온 가족들은 아들이 집 앞에 쪼그리고 앉아 있는 것을 발견하고서야 그날이 제대하는 날이라는 것을 깨달았다.

그가 부모님에게 신세를 지는 것은 학교와 집을 오가기 위한 교통비와 비상용으로 가지고 다니는 용돈이 전부였다. 그는 친구들을 대접하는 것 말고는 군것질도 잘 하지 않는다. 밥 세끼를 충분히 먹을 수 있는데 몸에도 좋지 않은 가공식품을 사먹을 필요가 없다고 생각했다.

간식거리를 사러 가는 시간, 먹는 시간, 이 닦는 시간을 들여가며 출출함을 채우기보다, 밥 세 끼를 충분히 먹고 공부하든지, 책을 보든지, 필요한 정보를 찾는 것이 더 효과적이라고 생각했다.

그래서 그는 얼마 되지 않는 비상금을 늘 가지고만 다닌다. 혹시나 비상금이 떨어졌을까를 염려해서 어머니가 얼마나 남았느냐고 물어보면 주머니에 있는 비상금을 그대로 보여드린다. 그러면 어머니는 꺼냈던 지갑을 다시 가방에 집어넣으신다.

그는 용돈을 벌기 위한 과외도 하지 않았다. 용돈이 거의 필요하지도 않았을뿐더러 과외할 시간에 공부를 더 하는 것이 졸업 후 더 많은 이득을 얻게 될 것이라고 판단했기 때문이다. 그리고 학업을 마치고 그가 입사한 회사에서 자신의 친구들이 받는 월급의 두 배를 초봉으로 받았다. 그리고 첫 출장으로 '대외적으로는 세미나 참석, 개인적으로는 관광'이라는 미국 연수를 다녀왔다.

그는 취미생활도 너무 많이 갖지 않는다. 너무 많은 취미는 본질을 상실시키기 때문이라고 한다. 그러나 한번 취미생활에 몰두하기 시작하면 전적으로 깊이 아주 철저하게 빠져든다. 먼저 취미와 관련된 책을 사서 읽고, 자신이 어느 정도까지 접근할 것인지를 결정하고, 그에 맞는 취미의 도구를 사고, 원칙대로 실행에 옮긴다.

그리고 전문가들의 말과 수준을 이해할 정도의 취미생활을 즐긴다. 그가 지금까지 즐긴 취미생활 중 필자가 알고 있는 것은 베이스기타 연주, 가스펠 음악 감상과 비평, 그리고 사진이다. 필자는 오래전부터 최근까지 그를 통해 가스펠 음악에 대한 많은 도움을 얻고 있다. 그의 음악에 대한 정보와 평가는 필자가 들어온 어떤 사람의 판단보다 분명한 진단이었음을 시간이 지날수록 실감하고 있다. 그리고 그가 찍은 사진들 중에는 필자가 프로필 사진으로 사용하는 것들이 많다.

그는 주위 사람들에게 고민을 털어놓은 적도 없고 스승이나 선배들에게 상담을 부탁한 적도 없다. 모든 고민과 갈등을 혼자서 해결했다. 부모는 그가 어떤 고민을 가지고 있었는지, 어떤 문제를 당했는지 알지 못한다. 부모에게 그는 항상 잘 지내고 있는 아무 문제없는 아들이었다. 그의 부모는 그가 사춘기를 겪기나 했는지 의심스럽다고 한다.

정말 어려운 일이 있을 때 그는 필자를 찾아온다. 스스로 결정할 충분한 능력이 있지만 그래도 누군가에게 자신의 결정이 바른 것인지를 확인하고 싶을 때 부모님에게도 상의를 드리지만 필자에게도 의견을 부탁한다. 20년 가까이를 그와 알고 지냈는데 그는 딱 두 번, 자신의 신변 문제에 대한 필자의 의견을 물어보았다.

한 번은 대학을 졸업할 때다. 졸업 후의 진로를 결정할 시기가 되자 필자의 의견을 듣기 위해 그가 찾아왔다. 자신이 정말 좋아하는 음악을 할 것인지, 전공을 살릴 것인지를 고민하고 있었다. 필자의 생각은 음악보다 전공을 살리는 것이었다. 그는 음악을 해도 잘할 사람이었다. 하지만 한국 사회에서 음악은 시장이 너무 작고, 실력이 있어도 기회를 얻기가 어렵고, 실력만큼 대접받고 성공하기가 어려운 상황이라고 설명했다. 필자의 말을 듣고 돌아간 그는 자신의 전공을 살리기 위해 대학원에 진학했다.

그리고 대학원을 졸업할 때 그가 한 번 더 필자를 찾아왔다. 취업을 해야 하는데 세 곳에서 자신을 초청했다고 하였다. 입사 원서를 낸 것이 아니라 특별 채용을 위한 인재 헤드헌팅을 통해서였다. S그룹과 L그룹과 연구소 한 곳이었다. 필자는 어디를 가고 싶으냐고 물어보았다. 세 곳 다 각기 다른 조건이 제시되었다고 한다. 많은 월급, 보장된 직위, 더 공부할 수 있는 지원과 환경이 각각의 특이한 조건이었다. 가장 하고 싶은 것이 무엇이냐고 묻자 공부라고 했다. 그러면 그곳으로 가는 것이 가장 후회 없는 결정이 될 것 같다고 말해주었다. 그리고 돌아간 그는 결국 많은 청춘들이 들어가고 싶어하는 두 기업을 포기하고 연구소에 입사했다.

취업 후 얼마 지나지 않아서 그는 자신을 특채하려고 했던 회사에서 중요 직책의 업무를 수행하고 있는 외모, 실력, 사람됨에서 하나도 빠지지 않는 지혜롭고 단아한 여인을 만나서 가정을 이루었다. 그때 다시 한 번 그가 세 번째 도움을 필자에게 요청했다. 결혼식 주례를 서달라는 부탁이었다.

그렇게 해서 필자는 청소년기부터 한 번도 곁길로 가지 않고 정도를 걸어온 그의 가정을 축복해주었다. 그의 이름은 '김ㅇ민'이다. 필자가 실명을 밝히는 두 번째 인물이다. 그가 이 글을 보게 되면 자신은 그런 사람이 아니라고 할 수도 있다. 그렇지만 필자는 아직도 그에 대해서 하고 싶은 말이 많다.

단원 3

하면 된다, 안 하면 아무 것도 안 된다

하면 다 된다,
안 하면 아무 것도 안 된다

'가장 완벽한 타율을 가진 선수는 한 번도 마운드에 오르지 않은 타자이다.'

'단 한 번의 실패도 하지 않은 사람은 나자마자 죽은 아이뿐이다.'

실패를 모르는 사람은 성공을 알 수 없다. 세상의 모든 성공은 실패를 통해 만들어진다. 실패는 성공으로 가는 많은 길 중 하나가 아니다. 성공으로 가는 유일한 길이다. 실패 없는 성공은 진정한 성공이 아니다. 실패를 배우지 못한 성공은 불완전한 성공이다. 실패를 경험하지 못한 성공은 주기적으로 찾아오는 실패의 도전을 이겨내지 못해서 결국엔 실패의 맛을 보게 될 것이다.

세상의 모든 학생들은 1등을 소망한다. 그러나 1등이 될 만큼 공부하는 학생은 1등 한 명이다. 1등은 정해진 것이 아니다. 누구라도 될 수 있다, 1등이 될 만큼 공부하는 사람이라면……. 공부하면 공부를 잘할 수 있다. 공부 안 하면 공부를 잘할 수 없다. 무엇이든 하면 무엇이든 하게 될 것이고, 아무 것도 안 하면 아무 것도 할 수 없게 될 것이다.

하면 되고 안 하면 안 된다는 것은 너무도 당연한 말이지만 이 당연한 말을 많은 청춘들은 무시하며 살고 있다. 그들은 아무 것도 안 하면서 모든 것이 이루어지기를 바란다. 마치 책 한 권을 읽고 나서 동화의 나라에 살고 싶어하는 어린 아이와 같다.

철수가 할머니에게 동화책을 들고 다가가서 읽어달라고 하였다. 할머니 건너편에 앉아서 뉴스를 보고 있던 철수 아빠가 할머니는 눈이 어두워서 잘 안 보인다고 하며 대신 읽어주겠다고 말했다. 철수는 아빠보다 할머니가 읽어주는 게 좋다고 계속 졸라댔다. 할머니는 아무 말도 하지 않고 손자와 아들을 바라보기만 하였다. 한참을 아빠와 할머니 사이를 왕복하던 아이는 결국 울음을 터뜨리며 자기 방으로 들어가버리고 말았다.

할머니는 눈이 어두운 분이 아니었다. 한글을 배우지 못해서 손자에게 동화책을 읽어줄 수 없는 분이었다. 손자가 들어간 후 할머니는 아들에게 "내가 까막눈이라 손자 책도 읽어줄 수 없구나! 막내가 군대에서 편지를 보내도 읽을 수도 없고……" 하며 한숨을 쉬었다. 어머니의 한숨에 아들은 "괜찮아요. 제가 읽어주면 돼요!" 하며 신경 쓰지 말라고 하였다.

그 일이 있은 지 얼마 후 동네 노인정에서 한글을 가르친다는 소문이

들려왔다. 할머니는 한걸음에 달려가서 한글학교에 등록하고 글자를 배우기 시작하였다. 친구들은 "그 나이에 글은 배워서 뭐하게?" 하며 할머니를 만류했지만 할머니는 하루도 빠지지 않고 한글을 배우러 다녔다.

할머니가 한글을 배운 후 가장 먼저 한 일은 군에 있는 막내 아들에게 편지를 쓰는 일이었다. 거실에 작은 상을 펴고 앉아 편지를 쓰던 할머니가 잠깐 나간 사이, 아들이 들어와서 상 위에 놓인 할머니의 편지를 읽어보았다. 편지에는 두 칸에 하나씩 유치원생 같은 할머니의 글씨가 그려져 있었다.

"사랑하는 아드레게 잘지내고 인는지 궁구마구나 글자를 모르니 편지를 스기도 어려꾸나 엄마는 자이따 아무걱정마라라. 글자를 다 떠면 철수 동 하도 내가 일거줘야것다....."

그렇게 수개월이 흐른 뒤 할머니는 철수에게 동화책을 읽어주신다. 한글을 배울 기회가 없어서 까막눈으로 한평생을 살던 할머니는 손자에게 동화책을 읽어주고 싶은 마음에 한글을 배워서 동화책을 읽을 수 있게 되었다. 주위의 친구들은 정신 나간 짓이라고 했지만 할머니는 배우기 시작했고, 느리기는 하지만 동화책을 읽을 수 있게 되었다.

글자를 알지 못해서 평생을 문맹으로 살아온 할머니는 글자를 못 읽는 것을 팔자로 받아들일 수도 있었다. 동화책 읽어주는 일은 아들에게 미루고 친구들을 만나 잡담이나 하며 살아도 여생을 보내기엔 부족할 것이 없었다. 그러나 할머니는 손자를 위해 한글을 배우기 시작했고, 결국 까막눈 친구들 중에서 유일하게 글을 읽을 수 있는 하얀눈 할머니가 되었다.

　나이가 많아서 할 수 없는 것은 없다. 하면 되고 안 하면 안 된다. 스물이 넘었으면 나이가 어려서 할 수 없다는 것도 해당없다. 하면 되고 안 하면 안 된다. 키가 작아서, 몸이 약해서, 상황이 안 돼서, 도와주는 사람이 없어서, 가진 게 없어서 안 되는 것은 없다. 하면 되고 안 하면 안 된다.

　실패의 끝은 성공이다. 실패하고 실패하고 또 실패해도 될 때까지 하면 성공한다. 안 하면 안 된다. 하면 둘 중에 하나는 된다. 실패하든, 성공하든……. 아무 것도 안 하면 실패도 안 하겠지만 되는 것 역시 없을 것이다. 둘 중에 하나라도 되는 쪽을 선택할지, 아무 것도 안 되는 쪽을 선택할지는 스스로 알아서 할 문제다.

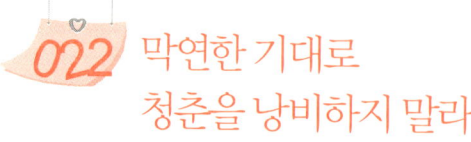

'뭔가 좋은 일이 있겠지?'

'누군가 좋은 소식을 전해주겠지?'

'재미있는 일 좀 없을까?'

'내 가치를 알아주는 사람을 만나기만 하면 다 될 거야!'

혹시 이런 생각으로 하루하루를 살고 있지 않은가? 그렇다면 빨리 그 모든 생각을 정리해서 쓰레기통에 집어던져라. 아무 것도 하지 않는 사람에게는 아무 일도 일어나지 않는다. 좋은 일은 기다리지 말고 만들어야 한다. 좋은 소식을 전해줄 사람을 기다리지 말고 좋은 소식을 전하는 사람이 되고, 재미있는 일을 기대하지 말고 재미있는 일을 만들어야 하고, 내 가치를 알아줄 사람을 기다리지 말고 다른 사람의 가치를 끌어다 쓰는 사람이 되어야 한다.

운 좋으면 인생이 잘 풀릴 거라고 기대하지 말라. 운은 기다리는 사람에게는 절대 찾아오지 않는다. 운을 기다리는 것보다 운명을 만들어 가는 편이 훨씬 더 가능성 높다. 운은 사람이 만들 수 없다. 누구에게 올지, 언제 올지 아무도 알지 못한다. 하늘도 누구에게 운을 베풀어야 할지는 미리 결정하지 않는다. 하지만 운명은 각자의 손과 발에 달려 있다. 운명은 당신의 손이 무엇을 하는가와 당신의 발이 어디로 가는가에 달려 있다.

화투장을 잡는 손은 그 손 주인의 운명을 쭉정이로 만들 것이고, 흥청거리는 밤거리로 향하는 발은 그 발 주인의 운명을 앞이 안 보이는 캄캄한 인생길로 이끌 것이다.

김동인의 소설 "무지개"에서 집 앞에 앉아 있던 소년은 어느 날 발견한 찬란하고 아름다운 무지개를 잡아서 앞마당에 두기 위해 길을 떠난다. 소년은 어머니의 만류에도 불구하고 기필코 잡아오겠다는 결심으로 무지개가 걸려 있는 건너편 산으로 출발한다. 그러나 건너편 산에 도착했을 때 무지개는 건너편으로 물러가 있었다. 계속 뒤로 물러가는 무지개를 따라가는 중에 기왓장을 들고 무지개라고 하는 소년을 만나고, 무지개를 잡지 못하고 집으로 돌아가는 소년들을 만난다. 그들은 무지개란 잡을 수 있는 것이 아니라 시간만 낭비하게 만드는 거짓된 것이라고 말한다. 그러나 포기할 줄 모르는 소년은 계속 무지개를 따라간다. 결국 무지개는 잡을 수 있는 것이 아니라는 결론을 내리고 돌아서려는 순간, 소년의 머리는 백발이 되어 있었고, 반들거리던 얼굴에는 주름이 가득 잡혀 있었다.

소년이 잡으려 했던 무지개는 무엇을 상징하는 것일까?

사람들이 각각의 해석을 덧붙일 수 있을 것으로 생각한다. 필자는 소년의 무지개를 '막연한 기대'라고 정의하고 싶다. 사람들은 막연한 기대와 희망을 같은 것으로 생각한다. 그러나 그것은 분명한 차이가 있다. 희망은 오늘부터 해야 할 과정을 가진 것이고 막연한 기대는 해야 할 과정을 전혀 갖지 않은 것이다.

무언가 간절히 바라는 것이 있어서 오늘부터 그 바라는 것으로 인해 시간을 더 아껴야 하고 좀 더 노력해야 하고 더 바빠졌다면, 그것은 희망이라고 할 수 있다. 그러나 간절히 바라기는 하지만 그것을 위해 오늘 당장 해야 할 일이 없고, 하던 일도 그만두고 싶고, 아낄 것도 없고, 더 바빠지지도 않았다면 그것은 막연한 기대, 즉 망상에 지나지 않는다고 할 수 있다.

많은 사람들이 비전을 품으라고 이야기한다. 그러나 그 비전이라는 것이 막연한 것이어서는 안 된다. 또한 큰 비전을 품으라고 한다. 한국 안에서 이룰 작은 비전이 아닌 세계를 향한 비전을 가져야 한다고들 이야기한다. 그러나 나는 크고 세계적인 비전보다 구체적이고 실제적인 비전을 가지라고 말하고 싶다. 무지개처럼 잡을 수 없는 것을 비전으로 갖지 않기를 바란다.

필자가 성장하던 시절의 소년들이 가졌던 꿈은 거의가 대통령이었다. 그리고 부모가 바라는 아들에 대한 꿈은 장군감이었고 딸은 부잣집 신붓감이었다. 그 시절에 언론을 통해 가장 흔하게 볼 수 있는 사람들이 대통령과 장관이었기 때문이고 영부인과 귀부인들에 대한 뒷이야기들뿐이었던 때문은 아닌가 싶다.

그러나 그 시절의 꿈을 이룬 사람은 아무도 없다. 그렇게 말하던 사람들도 모두 그런 꿈이 이루어질 것이라고 생각하지도 않았고 현실적인 노력이나 투자도 하지 않았다. 다만 그런 꿈을 가지고 있는 것만으로 만족스러웠던 것이다. 마치 무지개를 갖고 싶어하는 소년처럼……

그런데 필자는 오늘날에도 이렇게 막연한 꿈을 가진 젊은이들을 본다. 되고 싶은 것은 있는데 그것을 위해서 하고 있는 일은 없는 사람, 1등은 하고 싶은데 공부는 하지 않는 학생, 부자는 되고 싶은데 돈 벌 일은 하지 않는 청년, 잘나고는 싶은데 잘하는 것은 없는 사람, 남들이 잘하는 것을 보며 부러워는 하는데 남들만큼 고생도 하지 않고 노력도 하지 않으면서 참고 기다리지도 않는 사람들……. 그들을 보면 필자는 그저 막연한 기대를 가진 무지개를 좇는 소년들을 보는 것 같다.

오늘, 지금, 내가 가진 꿈과 비전을 위해서 하고 있는 일이 없다면 그런 꿈은 사람들에게 이야기하지 말라. 지금은 꿈으로만 칭찬을 듣는 그런 시대가 아니다. 비전을 가졌으면 비전을 위해 투자하고 노력하고 땀을 흘리고 있어야 한다. 내일부터 시작할 거라고는 말하지 말라. 다음 주부터, 다음 달부터, 내년부터? 그 말은 막연한 기대를 가지고 있다는 것을 증명하는 말이다.

실제적인 비전은 오늘부터 자신이 해야 할 일이 무엇인지를 분명히 알려준다. 반면에 막연한 기대는 하는 일도 없이 청춘을 낭비하게 만든다. 아무 것도 하지 않으면서 다 해본 사람처럼 말하고, 벌기도 전에 쓰는 것부터 시작하고, 아무 것도 아니면서 대단한 사람들을 무시한다. 그러고는 자신이 그런 사람과 비교해서 조금도 손색이 없는 사람이라는 자기 환상 속에 빠져든다. 막연한 기대로 할 수 있는 것은 아까운 청춘의 시간을 망상으로 낭비하는 것밖에 없다.

023 절대 못 할 일이란
절대 없다

　필자는 성장하면서 부엌일을 해본 기억이 없다. 음식을 만들기 위해 주방으로 들어간 적이 없고, 밥을 하기 위해 혹은 라면을 끓이기 위해 물을 받아본 적이 없다. 집안이 부요해서 그런 것은 아니다. 쌀을 씻고 음식을 만들고 설거지를 하는 일은 여자들의 일이라고 생각하신 어머니께서 한 번도 아들들에게 부엌일을 시키지 않으셨기 때문이다. 함께 지내시던 외할머니, 즉 어머니의 친정어머니께서도 남자가 부엌일을 하면 고추 떨어진다는 말씀을 자주 하신 것으로 기억된다.

　그렇게 성장한 나는 청소년들을 지도하는 나이가 되어 제자의 집을 방문하게 되었다. 제자의 어머니보다 먼저 퇴근하신 아버지가 거실에 앉아서 다림질을 하고 계셨다. 남자가 다림질을 하고 차곡차곡 빨래를 정리하는 모습을 처음으로 목격한 나는 상당히 놀랐다.

그 모습을 보며 처음으로 '집안일을 하는 남자도 있구나!' 하는 생각을 하게 되었다. 그 후로 20여 년이 지난 지금은 나도 가끔 다림질을 하고 빨래를 정리하고 라면도 끓이고 밥도 하고 설거지도 하고 커피도 탄다. 그런 일은 여자만 하는 일이 아니라 남자도 충분히 할 수 있는 일이었고, 해도 되는 일이었다.

입대하는 아들에게 아버지가 진지한 표정으로 격려해주었다.
"군대가 너를 진정한 사나이로 만들어줄 것이다."
아버지의 격려를 받은 아들은 기초 훈련을 받으며 힘들 때마다 아버지의 말씀을 떠올렸다.
"사나이가 되기 위해서 이 정도는 참아내야 해!"
기초 훈련을 마치고 자대에 배치받은 아들이 군대 생활에 적응할 때쯤 되어서 아버지에게 편지를 보냈다. 아들이 보낸 편지를 읽으며 아버지는 흐뭇한 표정을 지었다.

"아버지! 저는 이제 잠자리를 스스로 펼 수 있게 되었습니다. 저의 옷을 스스로 세탁할 수 있게 되었고, 다림질을 하고, 바느질도 하고, 떨어진 단추를 제자리에 다는 법도 익혔습니다. 매일 아침 자고 일어난 자리를 치우고, 실내를 청소하고, 창틀에 내려앉은 먼지도 털어야 합니다. 일주일에 한 번은 대청소를 하는데, 벽을 걸레로 닦아야 하고 사물함을 꼼꼼하게 정리해야 합니다. 아버지! 이래도 군대가 저를 사나이답게 만들어줄 것으로 믿고 계십니까? 군대가 저를 여자로 만들고 있습니다! 제대할 때

쯤이면 저는 사랑스런 딸이 되어 있을지도 모르겠습니다."

남자답다는 것은 어떤 것일까? 부엌엔 얼씬도 하지 않는 것이 남자다운 것일까? 자기 옷의 단추가 떨어져도 바느질을 할 줄 몰라서 가슴이 훤히 드러나도록 열고 다니는 것이 남자다운 멋일까?

'사나이 가는 길에 눈물이란 없다'는 말처럼 정말 남자는 울어서는 안 되는 것일까? 우는 것은 여자의 일이고 남자는 항상 웃기만 해야 하는가?

남자답다는 것은 살림을 하지 않는 사람이 아니라 살림보다 더 어려운 일을 하는 사람이라는 뜻이다. 남자라서 집안일을 하지 않는 것이 아니라 집안일보다 어려운 집 밖의 일을 하는 사람이라는 의미이다. 집 밖에서 할 일이 없는 남자라면 집안일을 하지 않을 이유가 없다.

과거에는 집 밖의 일이 대부분 힘으로 하는 일들이었다. 그런 이유로 집안일은 비교적 힘이 덜 드는 일이었기에 힘을 쓰는 일은 남자가 하고 힘이 덜 드는 일은 여자에게 맡겨야 한다는 생각이었을 것이다.

그러나 현대의 상황은 이전과 많이 달라졌다. 집 밖의 일은 쉬워졌고 집 안의 일이 어려운 일이 되었다. 집 안에서 하는 가사노동의 가치를 계산한 사람들은 주부의 노동이 남자의 노동량보다 더 많다는 결론을 내렸다. 과거에는 집안일이 쉬웠으나 현대에는 집안일이 어려운 일이 되었으니 이제 남자들의 활동 영역은 집 안으로 확대되어야 하는 시대가 되었다.

남자가 못 할 일이란 없다. 여자라서 못 할 일도 없다. 남자가 살림을 하는 가정도 많아지고 있다. 특히 청춘의 때에는 모든 일에 대한 가능성을 열어두어야 한다.

'남자가 할 일이 아니야!'

'여자한테 어울리는 일이 아니야!'

'나는 그런 일을 해본 적이 없어!'

'나는 천성이 그런 일에 맞지 않아!'

'죽어도 못 해!'

이런 말은 절대 하지 말라. 지금은 그런 시대가 아니다. 나쁜 일이 아니고 인간의 도리를 벗어나는 일만 아니라면 남자도 여자도 못 할 일은 없다. 죽어도 못한다는 말은 살아 있는 사람이 결코 해서는 안 되는 말이다. 죽는 것보다는 무슨 일이라도 하고 사는 것이 낫다.

못하겠다고, 할 수 없다고 하는 말은 다른 의미로 지독히도 자신 없다는 말이다. 그런 마음으로 무슨 일인들 잘할 수 있겠는가? 그런 마음을 먹은 사람이 해서 잘 되는 일은 누가 해도 잘할 수 있는 일이다. 필자는 절대 못한다는 말을 습관적으로 사용하는 요즘 청춘들이 이 한마디를 꼭 기억해주기를 바란다.

'절대 못 한다', '나는 그런 일은 할 수 없다'는 생각을 가진 그대가 해서 잘될 일이란 세상에 거의 없다.

실패가
더 나은 결과일 수 있다

많은 사람들이 실패를 두려워한다. 물론 실패가 좋다고 말할 수는 없다. 실패 후에 교훈을 얻었으면 그것은 실패가 아니라는 말이 있고, 실패는 성공을 향한 과정이라는 말도 있다. 그렇다고 해도 실패는 결코 달가운 것은 아니다. 하지만 실패는 성공 못지않게 꼭 필요한 것이 될 수도 있다.

일본의 조선통치가 실패하지 않았다면 오늘날의 대한민국은 존재하지 않았을 것이다. 김일성의 전쟁 6.25가 실패하지 않았다면 지금의 서울은 보잘것없는 도시가 되었을 것이다. 히틀러의 전쟁이 실패하지 않았다면 유럽은 오늘날의 모습을 갖지 못했을 것이다.

한쪽 측면에서의 실패가 다른 측면에서는 다행스러운 일이 될 수 있다. 나의 성공이 남에게는 슬픈 일이 될 수 있고, 나의 실패가 남에게는 다행스러운 일이 될 수도 있다. 그리고 좀 더 깊이 생각해본다면 나의 실패가 남뿐만 아니라 나에게도 다행스러운 일이 될 수도 있다.

2% 부족한 훈련병이 사격 훈련장에서 수십 발의 실탄을 허공으로 날려보내고 단 한 발도 과녁에 맞히지 못하자 화가 치밀어오른 교관은 병사를 호되게 꾸중했다.

"야! 이 굼벵이 같은 자식아! 너는 담벼락 앞에서 총을 쏴도 총알이 모두 하늘로 날아가버릴 거다! 저 나무 뒤에 가서 네 머리통에다 대고 남은 총알을 쏴버리는 게 어때? 네 머리에서 십 센티만 떨어져도 너는 맞히지 못할걸?"

그는 훈련을 잠시 중단하고 담배를 꺼내 물었다. 병사들은 교관의 눈치를 살피며 아무 소리도 못하고 상황을 주시했다. 혼이 난 병사는 돌아서서 담배를 피우고 있는 교관의 뒷모습을 물끄러미 바라보다가 물러서더니 힘없이 걸어서 나무 뒤로 들어갔다.

그리고 잠시 후 나무 뒤에서 총소리가 울려퍼졌다. 사격 훈련이 중지된 상황에서 들려오는 총소리에 깜짝 놀란 교관이 돌아서자 모든 훈련병들이 나무가 있는 쪽으로 고개를 돌렸다. 조금 전 혼이 난 병사가 그리로 걸어 들어갔기 때문이다.

그리고 교관과 병사들은 무언가 잘못되었다는 것을 직감하였다. 안색이 새파랗게 변한 교관이 병사들을 제치고 나무가 서 있는 곳을 향해 달려갔다. 그 뒤를 따라서 병사들도 뛰어갔다. 교관과 병사들이 나무 앞에 도착하자 그리로 들어갔던 병사가 나무 뒤에서 나오며 교관을 향해 부동자세를 취했다.

인명 피해가 없는 것을 확인한 교관이 다행이라는 표정으로 병사에게 물었다.

"무슨 일인가?"

교관의 질문에 병사가 경례를 올려붙이며 대답하였다.

"교관님, 죄송합니다. 말씀하신 대로 남은 총알로 제 머리를 쏘려고 했는데 이번에도 역시 빗나가고 말았습니다. 아까운 총알만 날려버리고 말았습니다!"

병사의 말을 듣고 한숨을 깊게 내쉰 교관이 2% 부족한 병사의 상태를 알아차리고 그의 어깨를 두드리며 부드럽게 말을 건넸다.

"괜찮다, 괜찮아! 앞으로는 절대 혼자 있을 때는 총을 쏘지 말도록 해! 응? 잘 알아들었지?"

"네, 알겠습니다. 혼자 있을 때는 절대 총을 쏘지 않겠습니다!"

물론 이런 황당한 일이 흔히 일어나지는 않는다. 하지만 세상에는 사람이 상상할 수 없는 일들이 숱하게 일어난다. 내가 아는 한 제자는 군대에서 수류탄 투척 훈련을 하던 중에 너무 긴장한 동료가 수류탄을 멀리 던진다는 것이 자기 발 아래로 떨어뜨린 적이 있다고 했다. 다행히 실수로 안전핀을 뽑지 않아서 터지지는 않았단다. 그의 실수가 얼마나 다행이었는지 모른다고, 그 사건을 생각만 하면 자다가도 벌떡 일어난다고 한다. 그리고 그때 수류탄을 떨어뜨린 동료의 얼굴이 생생하게 떠오른다고도 했다.

그 동료는 소총 사격 훈련 때 발사 충격을 이기지 못하고 병사들이 있는 방향으로 실탄이 장전된 총구를 돌리는 실수까지 했다고 한다. 그 후로 그 동료는 부대원들에게 공포의 대상이 되었다. 수류탄 안전핀을 뽑지 못한 그의 실수는 얼마나 다행스러운 일인가? 그의 실수는 많은 사람을 살린 실수라고 할 수 있다.

실수가 사람을 살리기도 한다. 사람의 판단력은 완전하지 않다. 나무타기의 천재인 원숭이도 나무에서 떨어질 때가 있는 것처럼 우리가 정답이라고 생각한 것이 답이 아닐 수도 있다. 많은 수험생들이 정답을 적지만 100점을 받는 학생의 숫자는 거의 없는 것처럼 우리들은 수많은 실수들을 저지르며 살고 있다. 그 실수들 중에는 정답인 것들이 있고, 도리어 실수가 더 나은 결과를 만드는 경우들도 있다.

오늘 살아서 남들처럼 숨쉬고 활동하고 있다면 지금까지 겪은 실패와 실수는 죽을 만큼 괴로운 과거가 아니다. 도리어 오늘 우리가 살아 있을 수 있도록 해주는 행운이었을 수도 있다. 실패하지 않았다면 우리는 오늘의 자리에 있지 못할 수도 있다.

우리가 지금 내 자리를 지키며 살아 있다는 것은 모든 것이 정상이라는 결과를 보여주고 있는 것이다. 지나간 실수는 잊어라. 지나간 실수를 아파하지 말라. 그 실수에 의해 오늘의 내가 있기 때문이다. 또한 지나간 실수들은 앞으로의 성공을 위한 소중한 자산이기도 하다.

실수를 두려워하지 말라. 최선을 다한 일이 실수로 끝난다고 해도 건강을 잃어버릴 정도로 괴로워하지 말라. 조금 더 시간이 흐르면 지금 아픔이 되는 실수는 약이 될 수도 있다. 그리고 실수한 것이 정말 다행이라는 생각을 하게 될 날이 올지도 모른다.

지금 당신이 잘 해보려고 하는 일은 2% 부족한 병사가 자기 머리를 겨냥하고 방아쇠를 당기려는 것과 같은 일인지도 모른다. 그런 위기상황에서 당신이 살 운명이라면 당신은 실패할 것이다. 그리고 다행스럽게도 실패를 통해 살아남게 될 것이고 주위 사람들은 당신의 실수를 향해 안도의 숨을 내쉬며 박수갈채를 보낼지도 모른다.

025 어떤 것도,
그 무엇도 두려워하지 말라

'혹시 잘 안 되면 어떻게 하지?'

아주 많은 사람들이 염려하는 내용이다. 오랜 세월 동안 모든 사람들의 마음을 뒤흔들어 놓았던 주제이고, 현재에도 미래에도 똑같은 내용으로 모든 사람이 괴로워할 것이다. 그러나 그것의 실체는 없다. 무엇이 어떻게 될지, 잘 될지 안 될지는 아무도 모른다. 그리고 그 상황이 지나고 난 후에 대부분의 사람들이 알게 되는 것은 어떻게든 된다는 것이다. 형체도 없이 막연하게 수많은 사람들을 근심시키던 것은 그야말로 흔적도 없이 사라지고 만다. 그런 것에 많은 사람들이 시달리고 있고 노심초사하며 살아가고 있다.

과감하게 모험을 시도하지 못하는 것, 사람에게 다가가지 못하고, 말을 꺼내지 못하고, 손을 내밀지 못하고, 앞으로 나서지 못하는 이유는

'혹시 잘 안 되면 어떻게 하지?'라는 막연한 근심 때문이다.

수십 년을 살아 온 필자의 경험으로 한마디 한다면 '어떻게 하긴! 다시 하면 되지!'이다. 나 또한 그런 마음으로 오늘을 살고 있다. 걱정해야 할 건 아무 것도 없다. 아직 일어나지 않은 일은 어떻게 될지 모르니 걱정보다는 기대하는 것이 낫고, 잘 되었든 잘 안 되었든 이미 지나간 일은 다 결정된 것이니 뒤늦게 걱정할 이유가 없다. 될 일이든 된 일이든 걱정할 근거와 이유가 없음에도 불구하고 우리는 수많은 염려와 근심으로 기운을 낭비하며 살고 있다.

너무 낙천적인 것도 문제이고 너무 비관적인 것도 문제이다. 중국 사람들이 죽기 전에 다 할 수 없는 일 중에 하나가 중국 요리를 다 먹어보는 것이라고 한다. 그만큼 중국 사람들의 요리가 다양하다는 것이다.

다양한 것은 요리만이 아니다. 사람에게 일어나는 문제 역시 요리 이상으로 다양하다. 아무리 험악한 인생을 살았을지라도 세상의 모든 문제를 다 겪은 사람은 없다. 극히 일부의 문제를 당하고 그중에 몇 개 정도를 풀어내고 가는 것이 인생이다.

인류는 상상할 수 없이 많고 다양한 문제들과 함께 존재했지만 그런 문제 가운데서도 사람은 여전히 잘 살아왔고, 지금도 잘 살아가고 있다. 문제가 인류의 역사를 끝장내지는 못했다. 문제와 함께, 문제 속에서 삶은 계속 이어져왔다. 현재도 마찬가지고 앞으로도 그럴 것이다.

문제는 항상 있어왔다. 문제는 두려워할 것이 아니라 넘어서야 하고 풀어야 할 대상일 뿐이다. 망하는 것도 별것 아니다. 욕먹는 것, 체면 구겨지는 것, 신용 불량자가 되는 것도 경험해보면 별것 아니다. 성공한 사람들 중에는 망했던 사람이 많고, 욕먹던 사람도, 말할 수 없을 정도의 체면 손상을 당한 사람들도 많다. 그렇다고 망하는 것과 욕먹는 것을 과정에 넣으라는 것은 아니다. 망할 것이 두려워 아무 것도 시작하지 못하는 사람이 되지는 말라는 것이다.

오래전 라디오에서 방송된 수기를 모아 책으로 엮은 것을 읽은 적이 있다. 사업이 부도가 나서 채무로 시달리던 가장이 가족들에게 모든 사실을 알리고 함께 해결 방법을 찾기 시작했다. 오랜 대화 끝에 모든 것을 정리하고 제주도로 가서 새로운 삶을 시작하자는 결론을 내렸다.

집을 팔고, 차도 팔고, 가구도 팔고, 골프채도 팔고, 전자제품도 팔고, 사립학교와 명문 학원을 다니던 아이들은 학교와 학원을 그만두었다. 당장 먹고 살기 위해 필요하지 않은 것을 모두 정리하고, 채무를 모두 갚고 나니 열 개도 안 되는 라면 박스에 가족들의 짐을 담을 수 있었다. 한 달 정도 생활할 수 있는 돈과 여비만을 가지고 모든 가족들은 아무 것도 준비되지 않은 제주도로 건너갔다.

사람이 살지 않는 집을 하나 발견한 후 동네 사람들의 동의를 얻어 생활하기 시작했다. 전기도 없이 촛불로 일주일을 살고 나니 옆집에서 공짜로 전기를 빌려주어서 백열구 하나를 안방에 달았다. 텔레비전도 없고, 전화도 없고, 수도도 없이 개울의 물을 길어 밥을 해먹고 해가 지는 하늘을 구경하다 잠이 들었다.

해 지면 잠자리에 들고 해가 뜨면 일어났다. 간식은 지나다니면서 주워온 귤로도 충분했다. 제주도에 도착한 다음 날부터 가족들은 일거리를 찾아나섰다. 아빠와 엄마는 감귤 밭에서 일하였고, 아이들은 학교에 가는 대신 도서관에서 혼자 공부하였다.

한 달을 살고 나도 고지서 하나 날아오지 않았다. 연락하는 사람도 없고 재촉하는 사람도 없이 평화로운 삶을 살 수 있었다. 아빠와 엄마는 평생 살면서 이렇게 달콤한 잠을 자본 적이 없다고 하였다.

쓰는 것 없이 수입이 모이자 전기를 가설하고, 텔레비전을 사오고, 냉장고를 사고, 전화기를 놓을 수 있게 되었다. 더 이상 잘살려고 하지 않자 평화로운 삶을 살 수 있게 된 것이다.

가족들은 저녁에 모이면 맛있는 저녁을 만들어 먹는 것이 가장 큰 일이 되었다. 가족은 그 후로도 제주도에서 아무런 스트레스 없이, 남들과 비교하지 않고, 더 잘살아야 한다는 강박관념 없이 평화로운 가정을 이루며 살고 있다고 하였다.

사연의 마지막에 가장은 서울에서 셀 수 없을 정도의 스트레스와 고지서에 시달리는 사람들을 위해 모든 걸 정리하고 제주도로 내려와도 삶에는 아무런 문제가 없고, 오히려 평화로운 삶을 얻을 수 있다고 덧붙였다.

청춘이여, 무엇이든 원하는 일이 있으면 과감히 시도하라. 남들을 부러워하며 앉아 있지 말고 남들만큼 되기 위한 길을 찾으라. '혹시 잘 안 되면 어떻게 하지?' 이런 생각은 1초도 하지 말라. 될 때까지 하면 된다. 하면 되고 안 하면 안 된다.

그리고 아무리 해도 안 될 때, 더 이상 도시에서 자신이 설 자리가 없다는 생각이 들면 그때는 제주도로 떠나라. 빈손으로 떠나도 그곳에서는 평화로운 삶을 얻을 수 있다. 아무 것도 두려워하지 말라. 당신이 두려워할 것은 세상에 없다.

026 청춘의 가난은
부끄럽지 않다

　청춘은 인생의 출발선이다. 출발하기도 전에 한숨부터 쉰다면 그의 경기는 승자를 위한 들러리밖에 되지 않을 것이다. 한숨을 쉬는 이유는 다양하다. 필자가 한숨을 쉬지 말라는 의미는 신세를 한탄하며 의욕을 상실한 채 세상을 원망하고 앉아서 남의 동정이나 바라는 일을 하지 말라는 것이다. 그런 일은 노환으로 자리에 누워 인생을 정리할 때가 된 노인에게나 어울리는 것이다.

　청춘에게는 한숨 쉴 이유가 없다.
　살아온 날보다 살아갈 날이 더 많기 때문이고,
　이룬 일보다 앞으로 이루어야 할 일이 더 많기 때문이며,
　지금까지 얻은 기회보다 앞으로 얻을 기회가 더 많고,

할 수 없는 일보다 할 수 있는 일이 더 많고,

이전에 만난 사람들보다 이후에 만날 사람들이 더 많고,

갔다 온 곳보다 가야 할 곳이 더 많고,

배운 것보다 배울 것이 더 많고,

가진 것보다 가져야 할 것들이 더 많고,

먹은 것보다 먹어야 할 것들이 더 많고,

누린 것보다 누려야 할 것들이 더 많고,

지나온 과정보다 걸어가야 할 과정이 더 많기 때문이다.

가난한 청춘이 부끄럽지 않은 이유는 청춘의 가난이 그의 책임이 아니기 때문이다. 남들 같지 않은 환경을 탄식해봐야 좋을 건 하나도 없다. 한숨을 쉰다고 바뀌는 것은 아무 것도 없고, 도리어 자기 연민과 세상을 향한 원망으로 마음의 상처만 깊어지기 때문이다.

좋은 환경과 힘든 환경은 둘 다 장단점을 가지고 있다. 좋은 환경은 물리적인 넉넉함은 있으나 독립 정신을 배울 기회는 적다. 독립해야 할 간절한 이유가 없기 때문이다. 반면에 어려운 환경은 독립 정신을 타고난다. 스스로 힘쓰고 노력하지 않으면 아무 것도 얻을 수 없기 때문이다. 강한 정신력을 소유한 성공 1세대는 대부분 힘든 환경에 던져져 강한 독립 정신 없이는 살 수 없던 사람들이다.

한숨 쉬고 앉아 있을 시간 있으면 그 시간에 신문이라도 보고 잡지라도 보고 잠이라도 자두라. 친구를 불러내서 밤을 새워 신세 한탄하지 말고 일찍 들어가서 잠자고 아침 일찍 일어나 아르바이트를 하나라도

더 하라.

필자가 정기구독 중인 월간지 '좋은 생각'에서 읽은 이야기이다. 영국 슬럼가 출신의 영국 청년 솔로몬은 이미 소년 시절부터 알코올 중독자가 되어 한낮에도 술에 취해 거리를 방황하고 다녔다. 강변을 거닐던 어느 날 하수구에서 비닐봉지를 들고 무언가를 찾는 사람들을 발견하고는 '혹시 보물이라도 잃어버린 걸까?' 하는 생각에 장화도 신지 않고 뛰어들어 보물을 찾기 시작했다. 한참 지나서야 사람들이 찾는 것은 보물이 아니라 쓰레기라는 것을 알게 되었다. 그들과 함께한 것이 인연이 되어 솔로몬은 템스 강을 청소하는 봉사단체의 직원이 되었다.

봉사자들을 지휘하는 팀장이 되어 사람들과 함께 다리 아래 버려진 빈 병과 깡통들을 줍고 있을 때 다리 위에서 사람들의 머리 위로 빈 병이 떨어졌다. 놀란 사람들이 고개를 들어 다리 위를 올려다보자 10대 소년 한 명이 손을 흔들며 봉사자들을 향해 소리쳤다.

"청소를 좋아하시는 여러분, 치울 게 더 생기니 좋죠? 오늘도 행복한 마음으로 청소를 부탁합니다."

소년은 그렇게 조롱 섞인 말과 함께 손을 흔들며 사라졌다. 사람들은 쓰레기를 담은 봉투를 집어던지기도 하고 소년을 향해 손가락질을 하며 화를 냈고, 여성 봉사자들은 억울하다며 눈물을 흘리기도 했다.

"우리가 왜 이런 일을 해야 하는 거야?"

"런던을 깨끗하게 한다는 생각으로 없는 시간을 쪼개서 나왔는데 고맙다는 말은 못 들을망정 이런 대접을 받아야 하다니!"

"버리는 놈 따로 있고 줍는 사람 따로 있군?"

"그만둬야지! 더 이상은 못하겠어!"

사람들의 탄식소리를 듣고 있던 솔로몬이 봉사자들을 한곳으로 불러모으고 이야기를 시작했다.

"다리 위의 저 소년은 십 년 전의 제 모습입니다!"

"팀장님이 저런 소년이었어요? 믿어지지 않는데요?"

"저는 한낮에 술에 취해 다리 위를 지나가고 있었어요. 여러분처럼 청소하는 분들을 보고 보물을 찾는 사람들인 줄 알고 내려왔다가 지금 이 자리까지 오게 되었습니다. 여러분들은 남들이 버린 쓰레기를 줍고 있지만 저는 제가 십 년 전에 버린 쓰레기를 줍고 있어요! 여러분은 오염된 템스 강만 청소하는 분들이 아니라 철없이 방황하고 있는 소년들의 더러워진 정신을 청소하는 사람들입니다."

솔로몬의 간단한 인생 이야기를 들은 사람들은 다시 힘을 내서 봉투를 들고 사람들이 버린 물건들을 주워 담기 시작했다. 조금 전에 만난 철없는 소년이 10년 후엔 누군가를 이끄는 지도자가 될 것이라는 희망을 가지고……

청춘의 시기에는 철없는 것과 방황하는 것조차 경력이 되고 감동의 자산이 될 수 있다. 가난하고 형편없고 볼품없는 청춘의 시기는 부끄러운 것이 아니다. 오히려 아무 것도 없는 청년의 시기가 성공한 후에는 자랑거리가 되고 큰 감동의 소재가 된다.

청춘의 시기에는 기죽을 이유가 없다. 아무 것도 없는 것은 부끄러운 것이 아니다. 도리어 자기 손으로 이룩한 업적이 없는데도 무언가를 가졌다면 그것이 비정상이다. 청춘의 때엔 없는 것이 정상이다. 정말 부끄러워해야 할 것은 아무 것도 하지 않는 청춘이다. 무엇이라도 할 수 있는 청춘의 때에 아무 것도 하지 않는 것보다 더 창피한 일은 없다.

무엇이든 하면 무엇이든 되고, 아무 것도 안 하면 아무 것도 안 된다. 하늘은 청춘에게 무한한 가능성을 주었다. 젊은 사람이 해서 안 될 일이란 없다. 세상의 모든 존경받는 사람들은 모두 아무 것도 없는 청춘의 시기를 땀과 노력으로 지나온 사람들이다. 아무 것도 없는 청춘을 이상하게 여기지 말라. 청춘의 빈손은 지극히 정상이다.

"내가 할 수 있을까?"

"배운 적이 없는데?"

"한 번도 해본 적이 없는데?"

"전문적인 교육을 받은 사람이 해야지!"

"내가 해서 과연 될까?"

무엇인가를 시작하기 전에 대부분의 사람들이 하는 말이다. 심지어 전문적인 공부를 마친 사람들도 자기 분야에 대해서 확신을 갖지 못한 경우들이 있다. 해야 할 일 앞에서 다시는 이런 생각을 하지 말라. 누구라도 시작하면 다 할 수 있다.

사람이 살면서 당하는 일들은 시작하면 거의 해결할 수 있는 일들이다. 당면한 일을 어렵게 만드는 가장 큰 장애물은 앞에서 언급한 것과 같이 할 수 없을 것 같다는 부정적인 생각이다. 이런 부정적인 생각을 한번에 떨쳐버릴 수 있는 이야기가 있다.

법의곤충학자 마르크 베네케Mark Benecke가 저술한 "웃는 지식"이라는 책에 실린 내용이다. 책에서는 낙타와 주식 문외한인 여배우와 현직 경영인에게 동등한 환경을 제공하고 주식투자를 통해 누가 가장 좋은 성적을 거두는지에 대한 실험결과를 기록하고 있다.

주식투자에 대한 수많은 책들이 출간되어 있고, 많은 전문가들이 알 수 없는 그래프와 수치들을 언급하며 활동을 하고 있다. 일반인들은 주식에 대한 용어조차 생소하기 때문에 주식투자를 대단한 전문가들만 할 수 있는 것으로 생각한다. 하지만 연구의 결과는 그렇지 않다는 것을 보여주었다.

전문 경영인은 자신이 알고 있는 경제지식을 최대한 사용해서 이윤을 남길 만한 주식에 투자하였고, 한 번도 주식투자를 해본 경험이 없는 여배우는 직감으로 아무 곳에나 투자했고, 낙타는 회사 이름이 적힌 그릇에 동일한 먹이를 나누어 담고 먼저 먹는 그릇에 쓰인 회사에 진행자가 대신 투자하였다.

상식적으로 주식을 투자해서 수익을 남기는 순위는 전문경영인, 여배우, 낙타여야 한다. 그러나 결과는 1등이 여배우, 2등이 낙타, 3등이 전문 경영인이었다. 투자의 결과는 아무런 일관성이 없었다. 지식이 많은 순서도 아니고 그 반대도 아니었다.

그리고 한 가지 실험이 더 있었는데 전문 투자가들과 아무렇게나 만든 매매 프로그램으로 1년간 일정액을 투자하게 하였는데 결과는 비슷하게 도출되었다. 두 실험에서 얻은 주식투자에 대한 결론은 주식의 동향이나 법칙을 아는 것이 수익을 남기는 것이 아니라 사고파는 과정에서 자연스럽게 발생하는 것이 주식 거래의 수익이라는 것이다.

낙타도 주식을 투자하면 2등은 한다. 아무 고민 없이 먹이 그릇에 입을 가져다 대는 단순한 행동으로도 주식투자에서 수익을 남길 수 있었다. 그렇다고 청춘들에게 주식투자를 권하는 것은 아니다. 다만 무슨 일을 하든 자신감을 잃지 말라는 이야기를 하고 싶은 것이다.

세상의 모든 일은 거의 비슷한 수익과 보람과 가치를 남긴다. 경험이 있는 사람이 조금 더 잘할 수는 있다. 하지만 경험 있는 사람이 일에 대한 보람을 더 느끼는 것은 아니다. 조금 더 수익을 얻을 수 있고, 조금 더 빨리 할 수도 있다. 그러나 처음 시작한 사람도 조금 지나면 경험자만큼 하게 될 것이고 비슷한 결과를 낼 수 있다.

'이것을 할까? 저것을 할까?'

'이쪽으로 갈까? 저쪽으로 갈까?'

'남들만큼 못 하면 어떻게 하지?'

이런 생각으로 너무 망설이지 말라. 못할 것을 염려해서 물러서거나 주어진 기회를 흘려보내지 말라. 남들이 하면 나도 할 수 있고, 지금까지 해온 사람들이 있으면 내가 해도 그 정도는 할 수 있다. 일단 시작하면 방법은 생긴다. 지름길을 찾으려고 망설이는 동안이면 출발해서 먼

길을 돌아가고도 남는다.

할 일이라면 미루지 말고, 망설이지도 말라. 낙타도 주식투자에서 2등을 한다. 할 수 있을까, 없을까는 중요한 문제가 아니다. 정말 중요한 문제는 낙타도 하는 일을 나는 할 수 없을 것이라고 망설이는 태도에 있다.

바다를 두려워하는
어부는 고기를 잡을 수 없다

인도에서 대대로 고기를 잡아온 집안의 장남이자 젊은 어부 라자왈리. 그의 아버지는 얼마 전 풍랑을 만나 바다에서 돌아가셨다. 장례식을 마치고 한동안 슬픔에 잠겨 있던 아들은 아버지의 배를 수리하기 시작했다. 배를 수리한다는 소식을 듣고 친구들이 찾아와 일을 거들어주었다. 배 수리를 마친 아들은 아버지가 사용하던 그물을 손질하기 시작했다. 말없이 배 수리를 도와주던 친구들이 그물을 수리하는 아들에게 그물은 왜 수리하느냐고 물어보았다.

"고기를 잡으러 나가야지!"

"배를 팔려고 수리한 것이 아닌가?"

"아버지의 배를 팔 생각은 없었는데!"

"우리는 자네가 배를 수리해서 팔아치운 후 다른 일을 시작하려는 줄 알았는데?"

"대대로 내려온 가업을 바꿀 생각은 없네!"

"자네 아버지가 바다에서 참변을 당하셨는데, 다시 그 바다로 나가겠다는 건가?"

"어부가 바다를 떠날 수는 없지!"

"자네는 아버지를 삼킨 바다가 무섭지도 않은가?"

"무섭지 않네!"

"자네 할아버지는 어떻게 돌아가셨나?"

"바다로 나가셔서 돌아오지 못하셨지!"

"자네 증조할아버지는?"

"그분은 바다 속에서 진주를 캐다가 돌아가셨지!"

"큰아버지는?"

"그분도 고기를 잡다가 바다에서 돌아가신 걸로 아네!"

"그렇게 모든 분이 바다에서 돌아가셨는데 자네마저 다시 바다로 나간다는 건가?

라자왈리는 친구들의 말을 듣고 곰곰이 생각에 빠져들었다. 생각을 정리한 그가 친구들에게 물어보았다.

"자네 아버지는 어디서 돌아가셨지?"

"우리 아버지는 집에서 주무시다가 돌아가셨지!"

"자네 할아버지는?"

"할아버지는 노환으로 방에 누워 계시다가 돌아가셨네!"

"증조할아버지는 어디서 돌아가셨나?"

"그분은 지병으로 바깥출입을 못하셨던 걸로 알고 있네!"

"그 모든 분들이 집에서 돌아가셨는데 자네는 그 집이 무섭지 않은가? 어떻게 아직까지 그 집에서 살고 있지?"

"……"

아무런 대답을 못하고 있는 친구에게 라자왈리가 대답하였다.

"어부가 바다를 두려워하면 고기를 잡을 수 없네!"

청춘이여! 그대가 두려워하는 것은 무엇인가? 바다인가? 풍랑인가? 바다에 사는 생물인가? 어떤 이유에서든 바다를 두려워하는 사람은 어부가 될 수 없고, 고기도 잡을 수 없다. 어떤 이유에서든 세상과 세상에 있는 것을 두려워하는 사람은 세상에서 아무 것도 얻을 수 없다.

바닷가에서 어슬렁거리다가 죽어서 떠밀려오는 고기를 줍는 어부는 싱싱한 고기를 먹을 수 없다. 얕은 물에 사는 작은 고기로 만족하는 어부는 단 한 번도 만선의 기쁨을 누릴 수 없다. 어떤 분야에서든 주변을 어슬렁거리는 사람은 죽어서 떠밀려오는 고기를 줍는 어부처럼 죽은 정보와 쓸모없는 기회, 싱싱하지 않은 일거리를 얻게 될 것이다. 세상 한가운데로 들어가지 않는 사람은 만선의 기쁨을 한 번도 누리지 못하는 어부처럼 인생의 풍성함을 한 번도 누리지 못할 것이다.

청춘이여, 바다를 두려워하지 않는 어부처럼 세상을 두려워하지 말라. 그대가 얻을 수 있는 모든 것은 세상 속에 있다. 변두리에서 서성이지 말고 중심으로 들어가라. 깊은 곳으로 들어갈수록 큰 고기를 잡을 수 있다.

029 찾아
나서라

앉아 있는 사람은 멀리 볼 수 없다. 일어서서 까치발을 해야 멀리 있는 것을 볼 수 있다. 높은 곳에 망대를 세우는 이유는 멀리서 무슨 일이 일어나는지를 알기 위해서다. 멀리서 생기는 일을 알아야 미리 대비할 수 있기 때문이다.

'기사는 머리로 쓰지 않고 발로 쓴다'는 말은 기자들 사이에서는 기정사실이다. 아무리 똑똑해도, 아무리 다양한 지식과 정보를 가지고 있어도 책상에 앉아 있는 것만으로는 기사를 쓸 수 없다. 명상으로 번뜩이는 아이디어를 얻을 수는 있어도 세상의 소식을 듣고 전할 수는 없다. 기삿거리를 얻기 위해서는 거리로 찾아 나서야 한다. 열 번, 백 번이라도 찾아 다녀야 신문 한 면을 채울 수 있다.

인생의 기회를 얻기 바라는 청춘은 망대에 오르는 사람처럼 높은 곳으로 오르고, 기삿거리를 찾아 나서는 기자처럼 몸을 움직여야 한다. 찾아 나서지 않으면 청춘에게 기회는 좀처럼 오지 않는다. 인생의 기회가 도서관에 있다는 확신이 들면 부지런히 그리로 가서 자신을 책 속에 파묻을 수 있어야 한다. 집에 앉아서는 도서관이 주는 기회를 얻을 수 없다.

박람회가 주는 기회를 얻기 위해서는 박람회 스케줄을 꿰고 있어야 하고, 시간을 내서 참석해야 한다. 학회가 주는 기회를 얻으려면 지겨운 학문 발표회를 끝까지 듣고 앉아 있어야 하고, 동창들을 통해 도움을 얻으려면 동창들을 열심히 찾아다니고 동창회가 있을 때마다 나가서 어울려야 한다.

온 세상을 다 찾아다니면 세상에 흩어진 다양한 기회를 얻을 수 있다. 찾지 않으면 기회는 어디에도 없다. 술이 그대에게 절호의 찬스를 줄 것이라고 생각하면 열심히 술을 마셔라. 하지만 술이 인생을 망칠 것이라는 생각이 든다면 당장 때려치워라.

성품이 성공을 결정한다.
성품 본위는 금 본위제보다 중요하다.
국가의 미래는 국가의 품격에 달려 있다.
모든 경제 시스템의 성공은 적합한 리더와 적합한 사람들에게 달려있다.
짐을 가볍게 해달라는 기도보다 더 튼튼한 등을 갖게 해달라고 기도하라.

1930년대 미국 증시의 폭락을 예언한 인물, 대공황 당시에는 '대공

황을 부른 남자'로 알려진 경제 분석가 로저 밥슨Roger Babson, 1875~1967
의 말들이다. 1929년 9월 5일 메사추세츠 웰즐리에서 개최된 오찬모임
에서 연사로 초대된 로저 밥슨은 경제 전문가들 앞에서 주식시장의 위
기에 대해 이야기했다.

"파국이 눈앞에 왔습니다. 저는 이 자리에서 작년에도, 그리고 그 전
에도 했던 말을 그대로 되풀이하겠습니다. 언젠가 시장은 붕괴할 것입
니다."

그의 강연을 듣는 사람들은 젊은 경제 전문가가 나름대로 주식시장
에 대한 자신의 소견을 이야기하는 줄로만 알았다. 하지만 그날 이후
주식시장은 계속 폭락을 기록하였고, 로저 밥슨을 제외한 누구도 상상
하지 못했던 시장의 붕괴가 이루어졌다.

대공황이 시작된 1929년 10월 한 달 동안 무려 320억 달러가 증시에
서 사라졌다. 10월 1일 뉴욕 증권거래소에 상장된 주가 총액은 870억
달러였으나 한 달이 지난 11월 1일에는 550억 달러로 폭락했다. 그리고
1930년 3월의 주가 총액은 190억 달러로 추락했다. 6개월 사이에 1차
세계대전에서 미국이 전쟁비용으로 쏟아부은 300억 달러의 두 배가 넘
는 680억 달러가 증권시장에서 사라졌다. 그 후 로저 밥슨은 대공황의
예언자로 불리며 경제계의 거물이 되었다.

로저 밥슨은 원래 금융인이 아니었다. 일반 직장에서 그저 평범한 월
급쟁이 생활을 하던 그는 어느 날부터인가 금융업에 관심을 갖게 된다.
그가 아는 사람 중에는 금융업에서 일하는 사람이 한 명도 없었다. 결

국 혼자 새로운 직장을 찾아 나서야 하는 상황에서 우연히 은행 직원을 구한다는 신문광고를 발견하였다. 어느 은행인지, 무슨 일을 할 것인지, 어떤 사람을 필요로 한다는 내용도 없이 은행관련 업무라는 것과 사서함 번호만 적혀 있었다. 서류 전형만을 통해 자신들에게 필요한 적당한 직원을 채용하겠다는 의도였다.

로저 밥슨은 구인광고를 낸 은행이 자신이 일할 만한 곳인지를 확인하기 위해 다음 날 아침 일찍 사서함을 운영하는 우체국으로 달려갔다. 구인광고에 적혀 있는 사서함을 확인하고 멀리서 사람이 오기를 기다렸다. 기다렸다가 이력서를 수거해가는 사람을 따라가면 어느 은행인지 알 수 있을 것이기 때문이었다.

한참이 지나서 사서함에 편지들이 쌓이고, 우체국 직원이 아닌 회사원 한 사람이 사서함 앞으로 다가오더니 사서함을 열고 편지들을 수거해서 가방에 담아 나갔다. 그를 따라가서 은행을 확인한 로저 밥슨은 다음 날 자신의 이력서를 들고 구인 담당자를 찾아갔다. 구인 담당자는 놀란 눈으로 그에게 물었다.

"어떻게 알았지? 아무에게도 이야기하지 않았는데!"

밥슨은 자신이 은행을 찾아온 이유와 방법을 설명하였다. 그의 말을 들은 구인 담당자는 보고 있던 이력서들을 모아서 쓰레기통으로 밀어 넣으며 밥슨에게 간단히 말했다.

"자네 같은 사람을 찾고 있었네! 내일부터 출근하게!"

그렇게 해서 미국 경제계의 거물인 로저 밥슨의 첫 은행 업무가 시작되었다.

찾으면 방법은 있다. 사방이 가로막힌 곳에서도 간절히 찾으면 없는 길도 찾을 수 있다. 방법이 없다고 생각하는 사람, 더 이상 길은 없다고 생각하는 사람만 방법과 길을 찾을 수 없다. 길은 땅 위에 있지 않고 마음속에 있다. 방법은 주어지는 것이 아니라 만들어내는 것이다.

아무 것도 갖지 못한 청춘이여!

어려움에 빠진 청춘이여!

진퇴양난에 놓인 청춘이여!

마음을 굳게 먹고, 간절히 생각하라. 그대가 당하는 모든 문제를 풀 방법은 있다. 가야 할 길도 분명히 있다. 사실 그대가 지금 당하고 있는 문제는 진정한 문제가 아니다. 그대의 결심과 생각이 문제를 풀 만큼 강하고 큰가? 아니면 문제에 접근조차 할 수 없을 정도로 작고 허약한 가? 그것이 진짜 문제다.

030 남들이 한다고
따라하지 말라

　다른 사람의 기억에 남는 사람이 되면 좀 더 많은 기회를 얻을 수 있다. 살면서 얻어지는 기회는 사람을 통해서 오기 때문이다. 그렇다고 남의 기억에 남기 위해 비상식적인 행동까지 하라는 것은 아니다. 다만 사람들의 기억 속에 추억이 될 만한 사람이 되기 위해 자신의 이미지를 분명하게 가지고 있는 정도는 되어야 한다는 것이다. 대부분의 경우 사람들은 분명하지 않은 것을 기억하기 어렵기 때문이다.

　내가 중학생 시절에는 나팔바지가 유행이었다. 유행에 민감했던 일부 아이들은 교복을 들고 수선집을 찾아가 교복과 같은 색깔의 옷감을 덧대서 나팔바지를 만들어서 입고 다녔다. 그리고 그런 학생들은 절대 지각하지 않았다. 모범생이 된 것이 아니라 등교시간에 복장 불량으로 걸리지 않기 위해서였다.

나팔바지들의 새벽 등교는 선도부 학생들과 학생주임이 단속을 시작하기 전에 안전하게 교문을 통과하기 위한 방법이었다. 복장 단속에 걸리지 않고 교문을 지나는 방법은 새벽 등교와 등교시간이 지난 후에 담을 넘는 방법이 있었다. 나팔바지를 만들어 입은 아이들은 펄럭이는 바지가 철조망에 걸려서 찢어지는 불상사를 당하지 않기 위해 대부분 새벽 등교를 선택하였다.

지금 나는, 당시에 나팔바지를 입고 다니던 아이들을 기억하지 못한다. 많은 아이들이 나팔바지를 입고 다녔기 때문에 개인적으로 기억에 남을 만큼 강렬한 기억거리가 되지 못했다. 그러나 지금도 분명하게 기억되는 아이 하나가 있다. 이름은 가물거리지만 얼굴과 표정, 걸어다니던 모습과 앉았던 자리까지 하나하나가 분명하게 떠오른다.

그 아이는 나팔바지가 아닌 발목이 겨우 들어갈 만한 쫄바지를 입고 다녔다. 아버지가 입던 바지를 어머니가 떨어진 부분을 잘라내고 다시 만들었는데 같은 천을 구할 수 없어서 바짓단을 좁게 줄일 수밖에 없었다고 하였다.

그 아이는 나팔바지를 입고 다니는 아이들 사이에서 독특한 패션이라고 화제가 되었다. 선도부와 학생주임도 그 바지에 대해서는 아무런 말을 하지 않았다. 당시엔 쫄바지가 유행도 아니었고 멋을 부리려는 행동도 아니었기 때문이다.

하지만 그 아이는 많은 아이들 사이에서 독특한 바지를 입고 다니는 아이로 소문이 났다. 펄럭이는 바지들 사이에서 발목에 딱 붙은 바지는 많은 아이들에게 호기심을 일으켰고 다가와서 왜 그런 바지를 입고 다니느냐고 물어보게 만들었다.

그 바지 덕에 그 아이는 학생들 사이에서 유명인이 되었다. 심지어 쫄바지를 구경하기 위해 다른 반에서 찾아오기도 했다. 하지만 학교 내에서 어떤 아이도 그 아이처럼 쫄바지를 입고 다니지는 않았다. 그런 바지는 유행도 아니었고 멋있는 패션도 아니었기 때문이다.

내가 중학교를 졸업한 후 어느 날인가부터 그런 쫄바지가 유행하기 시작했다. 그 후로 지금까지 발목에 딱 붙은 바지 스타일은 하나의 유행으로 자리를 잡았다. 그 아이는 자신도 모르게 유행을 10년 이상 앞서 있었던 것이다.

나는 요즘 몸에 딱 달라붙는 교복을 입은 학생들을 볼 때마다 중학교 때의 쫄바지 동창이 떠오른다. 그 아이는 아무런 의도를 갖지 않았을 테지만 지금 나에게는 가장 기억에 남는 인물이 된 것만은 분명하다. 많은 나팔바지들 사이에서 단 하나의 쫄바지. 멀리서도 눈에 들어오는 패션이었고 오래도록 기억에 생생하게 남는 모습이었다.

요즘 청소년들에게는 겨울에 입는 비공식적인 교복이 있다. 아웃도어 스포츠 웨어를 만드는 회사의 오리털 점퍼인데 모든 학생들이 그것을 입고 다닌다. 그 덕에 그 옷을 만든 회사는 2010년, 한국에서 사상 초유의 매출을 올렸다고 한다. 그렇게 모든 아이들이 한 가지 옷을 입고 다닐 때 똑같은 옷을 입은 아이가 특별한 추억의 대상으로 기억에 남을 수 있을까?

아마도 내가 나팔바지를 입고 다니던 아이들을 기억하지 못하는 것처럼 시간의 흐름과 함께 잊히는 대상이 될 것이다. 반면에 비공식적인 교복이 아닌 옷, 멀리서도 확연히 구별되는 옷을 입는 학생이 있다면 그 학생은 오래도록 잊히지 않는 특별한 인물이 될 것이다.

남들이 하는 것을 따라하면 뒤처지지는 안겠지만 결코 앞서지도, 특별하지도 않을 것이다. 자신은 남다른 인물이 된 것 같고 멋을 부리고 다니는 것 같지만 그저 평범한 보통 사람들 중에 하나가 될 뿐이다.

남들이 하는 것을 따라하는 것으로는 남들의 기억에 남을 만한 사람이 될 수 없다. 자신의 형편에 맞는 일, 자신만의 일을 하는 것이 오히려 특별한 사람이 되는 길이고 사람들의 기억에 남을 만한 친구가 되는 비결이다.

단원 4

사소한 일에
정의를 불태우지 말라

031 사소한 일에
정의를 불태우지 말라

　버스 정류장에서, 전철 승강장에서 가끔 질서를 지키지 않는 사람들이 있다. 마켓 계산대에서도 교묘히 줄 사이로 끼어드는 사람들이 있다. 대부분의 사람들은 그런 행동을 보면 슬쩍 눈을 감고 만다. 하지만 그런 잘못을 절대 눈감아주지 못하는 정의파들이 있다. 질서를 어기는 것은 분명 잘못되었다. 또 누군가 나서서 고치지 않으면 새치기하는 사람은 계속 그렇게 사람들의 눈총을 받으며 살게 될 것이다.

　그때 정의감으로 불타는 사람이 잘못을 지적하면 두 가지 상황이 벌어진다. 새치기하던 사람이 사과하고 본래의 자리로 돌아가는 상황과, 도리어 자기 잘못을 정당화하거나 안하무인 식의 반응을 보여 험악한 분위기를 만드는 상황이다.

　다행히 첫 번째 상황이면 문제는 아주 쉬워진다. 그리고 질서도 바로

잡힌다. 하지만 두 번째 상황에서는 문제가 좀 더 복잡해진다. 그런 당돌한 태도를 접한 정의파가 더 거칠게 몰아붙이고 상대도 물러서지 않으면, 눈 한 번 감고 끝날 만한 문제는 심각한 싸움으로 확대된다. 그리고 서로 물러서지 않고 끝까지 해보자는 식이 되면 최악의 결과로 주먹다짐이나 칼부림, 총 싸움으로 끝나기도 한다. 실제로 그런 다툼에서 한 번의 실수로 사람을 살해하게 된 사람도 있다.

P는 결혼 후 아내의 임신이라는 행복을 선물받았다. 만삭이 되어가는 아내가 남편의 귀가를 기다리던 어느 날, P는 친구들과 1차 회식을 마치고 2차로 호프집에서 맥주를 마시며 지난 추억을 이야기하고 있었다. 한창 분위기가 무르익고 있는 시간에 맥주잔을 들고 팔을 휘저으며 이야기를 하던 친구의 실수로 잔에 있던 술이 옆 테이블에 앉은 사람에게 튀었다. 갑자기 술 세례를 받은 사람이 깜짝 놀라 소리를 지르자 술잔을 들고 있던 친구는 미안하다고 사과하였다.

하지만 옆 테이블 청년들은 사과를 받아들이지 않고 더욱 거칠게 항의하며 험한 말을 하며 자리에서 일어섰다. 두 번 세 번 사과하던 친구는 번번이 욕하며 달려드는 상대의 태도를 참지 못하고 술잔을 바닥에 집어던지며 자리에서 일어섰다. 그러자 먼저 일어서 있던 옆 테이블 청년이 마시던 술병으로 친구의 머리를 내리쳤다. 옆에서 싸움이 끝나기를 기다리고 있던 P는 친구가 술병에 맞아 앞으로 고꾸라지는 모습을 보자 벌떡 일어서며 앉아 있던 의자를 들어 술병을 내리친 청년에게 휘둘렀다. 그 의자에 머리를 얻어맞은 청년은 그 자리에 쓰러져서 다시는 일어나지 못했다. 그리고 P는 현행범으로 체포되어 수감되었다.

신혼의 단꿈은 그렇게 끝이 났다. 두 달 후에 첫 딸이 태어났지만 그는 딸의 얼굴도 볼 수 없고, 함께 살 수도 없는 처지가 되고 말았다. 한순간의 불타는 정의감으로 그의 인생은 무기징역수가 되어 사랑하는 아내와 딸에게 씻을 수 없는 상처와 아픔을 주고 말았다. 그는 단 한 번의 실수를 후회하며 멀리서 아내와 딸의 아픈 인생을 방관할 수밖에 없는 가장이 되고 만 것이다.

친구가 술병으로 머리를 얻어맞는 순간 그는 순간적으로 끓어오르는 정의감을 조절하지 못해 정의가 아닌 방법으로 정의를 지키려 했다. 작은 실수로 술병에 머리를 맞는 것은 잘못되어도 너무나 잘못된 것은 분명하다. 하지만 그런 상대를 의자로 내려치는 것도 역시 잘못된 행동이다.

그의 순간적인 판단은 불타는 정의감에서 비롯된 것이었다. 한순간의 정의감에 의한 행동이 불행한 결과를 낳을 것이라고는 생각하지 못했을 것이다. 하지만 현실은 그렇게 진행되고 말았다. 차라리 넘어진 친구를 데리고 병원으로 달려갔더라면 정의의 행동에 의한 비참한 결과는 없었을 것이다. P는 자신의 실수를 뼈저리게 후회하며 수감생활을 하고 있다.

"그건 아니지!"

"본때 한번 보여줄까?"

"그건 누가 봐도 잘못된 거야!"

많은 사람들이 분노를 터뜨리며 하는 말들이다. 그러나 그 순간 돌이킬 수 없는 불행이 시작될 수 있음을 기억하라. 정의를 위해 물불을 가리지 않는 용감한 사람들에 의해 역사 속에서 위대한 일들이 이루어지기도 했다. 하지만 일상생활 속에서는 불타는 정의감이 뜻하지 않은 실수를 저지를 수 있고, 돌이킬 수 없는 비극을 부를 수도 있다.

청년의 시기는 정의를 위해 자신을 불태울 수 있는 가장 혈기왕성한 시기이다. 하지만 불타는 정의감으로 실수를 저지르는 사람들이 더 많다는 것을 기억할 필요도 있다.

정의는 사람을 위해서 있다. 사람이 없는 곳에는 정의도 없다. 정의를 위해 주변 사람을 다 정리하는 사람이 있다면 그에게 정의는 남아 있을지 모르나 친구는 한 명도 없게 될 것이다. 그의 정의는 다른 사람과의 관계를 잘라서 내버리는 도끼와 다를 바 없다.

사회 정의와 세상의 정의는 지켜야 한다. 그러나 일상생활에서의 정의는 사람을 해치는 무기가 되기 쉽다. 나라를 위해 싸우는 것, 정책과 입법을 위해 싸우는 것은 정의감으로 과감하게 해야만 할 일이다. 하지만 주변 사람들과의 신경전이나 사소한 질서의 다툼에서 정의감으로 거침없이 행동한다면 정의는 어디론가 떠나가고 상처와 아픔과 원망의 감정만 남게 된다.

일상에서의 다툼과 충돌은 정의를 따지기 전에 양보하고 물러서는 것이 더 나은 결과를 준다. 그리고 대부분 한 발 물러서면 굳이 정의를 내세울 것도 없이 저절로 해결된다.

032 아니면 말고

아닌 것으로 싸우지 말라. 내가 생각하기에 맞는 말이고, 진실하고, 틀림이 없어도 상대가 그렇게 받아들이지 않으면 멈추어야 한다. 상대가 받아들이지 않는 이유가 무엇인지 알고 있다 해도 그 이유를 들먹이지 말라. 그렇게 해서는 내 진리를 상대에게 전달할 수 없다. 받아들일 마음이 없는데도 강압적으로나 힘으로 또는 논리나 위협이나 억압으로 내 말을 듣게 만드는 것은 독재자들이 해오던 짓거리와 다를 바 없는 행위이다.

내가 옳다고 해도 상대가 아니면 어쩔 수 없다는 것을 빨리 알수록 현명한 사람이 될 수 있다. 사람의 생각은 날마다 바뀌고 시시각각 달라진다. 내가 아는 것이 진실과 정의라면 시간이 지난 후에 상대도 결국 나의 생각이 맞는다는 것을 인정할 날이 올 것이다.

그러나 받아들일 준비가 되지 않은 사람에게 당장 인정하라고 강요하는 것은 진리 싸움을 감정 싸움과 힘겨루기로 변질시키는 것이 된다. 감정과 힘이 대립되는 싸움은 한쪽이 포기하거나 죽기 전에는 끝나지 않는 싸움이다. 그렇게 해서 이긴다고 해도 남는 것은 불구대천의 원한과 원수관계뿐이다.

100명의 친구보다 한 명의 원수가 위험하다는 것은 인류의 오랜 역사 속에서 이미 증명된 사실이다. 내가 알고 있는 것에 대한 확신이 클수록 상대의 반응에 대한 기대감은 의도적으로 낮추어야 한다. 그 확신은 나의 확신이지, 상대로서는 눈길도 주기 아까운 사소한 문제일 수도 있다.

니콜라우스 코페르니쿠스는 1532년에 '천체의 회전에 관하여'라는 논문집을 통해 우주의 중심은 지구가 아니라 태양이라는 것과, 태양이 지구를 도는 것이 아니라 지구가 태양 주위를 돌고 있다는 학설을 주장하였다. 그러나 그의 이론은 많은 사람들의 주목을 끌지 못한 지엽적인 논제에 불과하였다.

그러다가 그의 사후, 지동설을 추종하던 갈릴레오 갈릴레이가 1616년 교황청으로부터 경고를 받은 다음 세계적인 이슈로 떠올랐다. 코페르니쿠스의 논문집은 그 순간부터 19세기 초까지 읽어서는 안 되는 금서로 낙인찍힌다.

이 두 사람의 주장과 학설은 현재 어느 누구도 부인할 수 없는 진리가 되었다. 그러나 그들이 살았던 시대에는 주목받지 못하는 진실이었고, 이야기해서는 안 되는 사실이었다. 그들은 자신들의 진실이 밝혀지기를 기다리며 삶을 마감할 수밖에 없었다. 그들의 시대에는 진리를 밝힐 능력이 없었고, 과학적으로도 성숙하지 못했기 때문이었다.

두 사람은 자신들의 진리를 거부하는 시대 속에 살면서도 자신들의 학문을 계속했고, 많은 사람들과 교류하며 학생들을 가르치고 책을 만들어냈다. 그러한 두 사람의 진리를 잘못된 것으로 확신한 교황청과 일부 학자들은 역사 속에 기록될 허황된 이론임을 증명하기 위해 두 사람의 논문과 서적을 고이고이 간직하였다. 그러나 그들이 간직해오던 정죄받은 자료들 덕분에 두 사람의 이론이 진실이고 그들을 박해하던 힘과 권력이 실수를 저질렀음이 20세기에 이르러서야 밝혀졌다.

코페르니쿠스와 갈릴레이는 진리를 가졌음에도 불구하고 진리를 해치는 사람으로 자신들의 시대를 살았다. 그들은 자신들의 억울함을 풀기 위해 안달하다가 젊어서 죽는 비참한 결과를 만들지도 않았고, 나이 들어 수명이 다할 때까지 학문에 전념하는 삶을 유지하였다. 필자는 그들을 생각하면 '얼마나 억울한 인생을 살았을까?' 싶다. 반면에 자신들의 맞는 말을 듣지 않는 세상을 향해 "아니면 말고" 하는 정신으로 살았을 것이라는 생각도 한다.

앞에서 언급한 것처럼 세상의 원리를 따지는 중대한 문제라면 그 진실이 밝혀지기 위해서는 수백 년이 걸리기도 한다. 그러나 현대를 살아가는 우리들에게는 그럴 만한 진리의 문제로 일으키는 갈등은 아마도 없을 것이라는 생각이 든다. 지금은 모든 것에 대하여 개방된 세상이고 다양한 이론과 주장들의 진위를 가릴 만한 과학의 시대이기 때문이다.

하지만 현대의 개방성과 과학으로도 진위를 가릴 수 없는 것이 있다. 그것은 우리가 매일 만나는 각 사람들의 생각과 고집과 편견이다. 사람의 외부에 존재하는 것들은 객관적으로 평가하고 정리하고 바로잡고 수리할 수 있지만 사람의 내부에서 일어나는 것은 어떤 도구나 기술이나 약으로도 조절할 수 없다.

내 생각에는 100% 좋을지라도 상대에게는 50% 정도일 수 있고 전혀 아닐 수도 있다. 그때가 삶의 지혜를 필요로 하는 순간이다. 두 사람이 같은 생각과 결론을 내릴 때는 아무런 문제도 없다. 하지만 두 사람이 같은 문제를 두고 다른 결론을 내릴 때 그때 취하는 태도에 의해 우리의 인생 환경이 결정되고 관계의 분위기와 미래가 결정된다.

상대가 아니라고 말하는 순간 내가 생각하고 말해야 할 것은 "뭐 이런 게 다 있어?", "아니긴 뭐가 아니야? 맞는 걸 가지고?"가 아니다. 그렇게 해서 달라질 건 없고 좋아질 것도 없다. 그 순간 지혜로운 사람이 해야 할 말이 바로 "그래? 아니면 말고!"이다.

현대인들은 누구나 코페르니쿠스와 갈릴레이 이상의 철학과 과학적 지식을 가지고 살아간다. 날마다 신문과 텔레비전, 소설, 드라마 속에서는 고대의 철학자들의 말이 전달되고 해석되고 재해석되고 있다. 현대는 초등학생들도 아인슈타인의 상대성이론에 대한 개념을 흔히 듣는 시대다. 모든 사람이 과거의 철학자 이상을 생각하며 살아가고 있다고 할 수 있다. 이러한 시대에 나 한 사람의 생각을 만나는 모든 사람들이 전적으로 수용해주기를 바라는 것은 지나친 망상이 아닐까?

할 수 있다면 자기 의견이나 주장을 열정적으로 설명하고 확신 있게 피력하라. 그러나 상대가 수긍하지 않고 반기를 든다면 부딪쳐서 둘 다 깨지는 것보다는 제3의 대안을 빨리 찾아내는 것이 그 다음을 위한 지혜로운 처신이라고 할 수 있다. 지금 이 단원에서 이야기한 내용이 당신의 마음에 들지 않는가? 그렇다면 나는 당신에게 한 마디 더 해주고 싶다.

"아니면 말고!"

033 사랑은
돈으로 계산된다

　사랑하는 사람이 있다면 내가 그를 위해 얼마까지 쓸 수 있는가를 계산해보면 당신의 사랑이 얼마나 큰지 혹은 얼마나 작은지를 알 수 있다. 상대방이 나를 위해 쓰는 돈의 액수를 통해서도 나를 사랑하는 사람들의 사랑이 어느 정도의 크기인지를 분명히 알 수 있다.

　스무 살이 되었다면 그 20년 동안 부모님이 나를 위해 얼마의 돈을 쓰셨는지 계산해보라. 그리고 자신이 알고 있는 사람들, 만나는 사람들과 만났던 사람들이 나를 위해 얼마의 돈을 사용했고, 나는 그들을 위해 얼마의 돈을 썼는지 계산해보라. 그 계산이 지극히 물리적이고 세속적이기는 하지만 그러한 계산을 통해 당신은 사랑의 서열을 발견할 수 있을 것이다. 그리고 그 계산은 앞으로 당신의 인생살이에서 절대적인 영향을 끼칠 사람들이 누구인지도 분명히 알려줄 것이다.

당신이 병들었을 때, 당신의 치료비를 대준 사람이 누구인가?

당신이 학업을 지속하기 위해 매 학기 등록금을 내야 할 시기에 당신에게 아무런 조건 없이 학비를 지원해준 사람은 누구인가?

책을 사고, 옷을 사고, 신발을 사고, 심지어 화장실에서 사용할 휴지 조각 하나를 사야 할 때 그 비용을 지불하는 사람은 누구인가?

스무 살이 되기 전에 자급자족해야 할 만한 환경이 아니거나, 10대부터 스스로 돈을 벌어서 자신의 경제적 필요를 충족시킬 수 있을 정도로 독립된 사람이 아니라면 분명 당신 주위에는 당신이 지불해야 할 경비를 대신 지불하는 사람이 있을 것이다. 그 사람이 누구인가? 커피 값 정도를 지불하는 친구와 당신의 삶을 위해 모든 경비를 지불하는 부모와 가족 중에 당신은 누구를 더 가까이 하고, 누구를 더 고마워하고 있는가?

커피 값 5천 원 정도를 지불하는 친구의 사랑은 5천 원짜리의 사랑이다. 물론 그 5천 원에 담긴 많은 의미를 다 계산하지 않았을 때의 평가이다. 그러나 당신이 그 친구에게 계속 커피 값을 내게 한다면 그의 커피 값 사랑은 곧 식을 것이다. 그는 당신과 커피를 마시는 것을 부담스러워할 것이고, 커피를 마시러 가는 시간에 당신을 피해 다른 길로 돌아서 갈 수도 있다. 그 이유는 일반적으로 세상에 흐르는 사랑이라는 것이 준 만큼 돌려받고 싶어하는 고무줄 사랑이기 때문이다.

반면에 당신이 스무 살이 되기까지 부모에게 받은 사랑을 생각해보라. 그들은 당신을 위해 지불한 돈만큼 돌려받기를 기대하지 않는다.

그리고 당신도 그러한 지불을 갚아야 할 것으로 생각하지 않고 살아왔다. 그 사랑의 특징은 계산하지 않는 사랑이다. 세상에 흐르는 일반적인 고무줄 사랑과는 다른, 한쪽으로만 흐르는 반도체 사랑, 강물 같은 사랑, 폭포수 사랑이기 때문이다. 그 사랑은 한번 떨어지면 다시는 올라가지 않고 결코 역류하지 않는다.

그러한 이유로 당신은 친구의 사랑을 계산하며 살아왔으나 부모의 사랑은 계산하지 못하고 살아왔다. 그러나 이제 계산해보라. 얼마나 많은 부모님의 돈이 당신에게 쓰였는지. 지금도 얼마나 많은 액수가 부모님의 주머니에서 나와 당신의 주머니로 들어가고 있는지. 아마도 당신이 그렇게 소중히 여기는 친구들과는 감히 비교가 되지 않을 것이다. 이 정도면 결정할 수 있겠는가? 당신을 사랑하는 사람들의 순위를……. 특별한 경우가 아니면 사랑은 이렇게 돈으로 계산이 가능하다.

다만 한 가지 염두에 두어야 할 사항이 있다. 부모님이 갖지 못한 돈은 계산하지 말라. 가난한 부모님에게 잘사는 옆집 부모만큼 쓰기를 바라는 것은 잘못된 계산법이다. 부모님의 생활수준에서 나에게 쓰인 돈이 얼마인지 계산해보라.

자신은 차비가 아까워 버스를 타지 않고 걸어다니는 부모님이 나에게 차비 이상의 용돈을 주셨다면 그 부모님은 자신이 가진 것 모두를 자식을 위해 쓰시는 분이다. 그런 부모의 사랑은 전 재산을 다 쓰는 사랑이다.

연인도, 친구도, 내가 그를 얼마나 사랑하는지, 그가 나를 얼마나 사랑하는지 액수로 알 수 있다. 많이 가진 친구가 조금 쓴다면 그 사이는 어떤 말이 오가든 별로 사랑하지 않는 관계다. 적게 가진 모든 것을 상대를 위해서 쓸 수 있고, 많이 가졌더라도 그것을 다 상대를 위해 쓸 수 있다면 그 사랑은 전부를 주는 큰 사랑이다.

물론 계산에서 예외는 항상 존재한다. 하지만 대부분은 사랑하는 사람을 위해 자신의 것을 어느 정도 쓸 수 있는가를 계산해보면 그 사랑의 크기를 헤아릴 수 있다. 사랑은 돈으로 분명히 계산된다. 정말 사랑하는 사람이 있다면 모든 것을 쓰라. 그러나 사랑하는 척하기 위해 모든 것을 쓰는 척하지 말고, 그렇게는 쓰지도 말라. 반드시 큰 후회가 밀려올 것이다.

돈 한 가지의 측면에서만 보아도 당신은 얼마나 많은 사랑을 부모에게 받았는지 충분히 이해할 수 있을 것이다. 그리고 앞으로도 그런 사랑을 다시는 만나지 못할 것이다. 또한 당신이 사람들을 어느 정도 사랑하며 사는지도 알 수 있다.

지금 당신이 함께하고 있는 사람들 사이에서 지독한 깍쟁이라거나 짠돌이라는 별명을 가진 사람이라면 오늘부터 그 별명에서 벗어나 후하고 넉넉한 사람이라는 말을 들을 수 있도록 생활해야 한다. 물론 낭비하며 살라는 말은 아니다. 다만 받은 만큼 돌려줄 정도는 되어야 한다는 것이다. 대접할 생각이 없으면 얻어먹을 생각도 하지 말고, 줄 생각이 없으면 받을 생각도 하지 말라. 그러면 후하지도 지독하지도 않은 평범한 생활인으로는 살 수 있다.

그러나 사랑으로 가득한 인생을 기대하는 사람이라면 남들보다 조금은 더 쓰고 베풀며 살 수 있어야 한다. 받는 것은 스물이 되도록 부모에게 충분히 받았으니 이제부터 부모에게 받은 것만큼은 아니더라도 돌려드리기 위해 노력하고, 친구와 동료들과 선후배들 사이에서도 사랑받는 사람으로 살고 싶다면 한 번 받고 두 번 주는 습관과 가치관을 갖기 바란다. 사랑의 가치가 정말 돈보다 물질보다 중요하다고 생각한다면 돈과 물질을 투자해서 사랑을 살 수 있기를 바란다.

이 글을 읽고 난 후 돈으로 사랑을 계산할 수 있다는 인식을 가진 당신은 돈을 조금 더 쓰는 것이 사랑을 얻는 비결이라는 생각을 할 수 있을 것이다. 그러니 당신은 그런 생각을 갖지 못한 사람들보다는 조금 더 나은 태도를 갖게 되기를 바란다.

돈은 결국 없어진다. 현대그룹을 이룬 정주영 회장도, 삼성그룹의 창립자 이병철 회장도 빈손으로 인생을 마감했다. 지금 그들에게 남겨진 것은 역사의 평판뿐이다. 한 인물에 대한 바른 평가는 그의 사후 50년이 흘러야 한다는 말처럼 그들이 어떤 평가를 받게 될지는 조금 더 있어야 할 것이다.

당신에게 있어서도 일평생 얼마를 벌게 되든 그것들은 결국 없어질 것이다. 그러나 없어질 것으로 함께 살아가는 사람들의 사랑과 존경을 얻을 수 있다면 그러한 정신적 가치는 없어지지 않을 것이다. 당신은 어느 것을 선택하겠는가? 물리적인 편안함을 주는 돈인가, 정신적인 만족을 주는 사랑과 존경인가? 당신의 돈이 무엇을 위해 쓰이고 있는지 솔직하게 한번 계산해보라. 당신이 어떤 종류의 사람인지 분명히 알게 될 것이다.

034 문제를 위해 사람을 이용하지 말고
사람을 위해 문제를 이용하라

문제가 생기면 사람을 피곤하게 하는 사람이 있고, 힘들어하는 사람들을 위해 문제를 해결하는 사람이 있다. 당신은 어떤 사람인가? 문제를 만나면 주위 사람들에게 하소연하고 매달리고 부탁하는 사람인가? 아니면 문제가 다른 사람을 힘들게 하기 전에 문제를 제거하는 사람인가?

훈련소 조교로 근무하던 어느 사관이 고된 훈련에 지친 병사들을 위로하고 싶은 생각이 들었다. 그는 부대 내에 있는 매점으로 훈련병들을 모두 데리고 갔다. 그러고는 병사들은 감히 살 수도 마실 수도 없는 술을 마음껏 마실 수 있게 하였고, 먹고 싶은 것은 무엇이든 실컷 먹을 수 있도록 해주었다. 그날 밤만큼은 훈련 교관과 병사들이 아닌 형님과 동생들로서 먹고 마시며 훈련의 스트레스를 모두 날려버릴 수 있는 흥겨운 밤이었다.

그러나 흥겨운 밤의 후유증은 다음 날 아침에 눈을 뜨면서 시작되었다. 마음씨 좋은 교관이 눈을 뜬 곳은 자신의 침대가 아닌 신병들의 내무반이었다. 그리고 눈을 뜨자마자 습관적으로 올려다본 시계는 아침 사열 시간이 거의 다 되었음을 알려주고 있었다. 게다가 휙 둘러본 내무반의 상황은 사열 시간 전에는 도저히 정리할 수 없는 상태였다.

지난 저녁 자신의 후한 대접으로 인해 훈련생 전원이 불량병사들로 낙인찍힐 사상 초유의 위기에 놓이게 되었다. 그렇다고 병사들이 자신을 원망하지는 않을 것이다. 하지만 하루 종일 기압을 받아야 할 병사들을 생각하니 눈앞이 캄캄해졌다.

황당한 상황을 바라보며 고민에 빠져 있는 순간 눈을 뜨기 시작한 병사들도 하나둘씩 내무반의 상황을 감지하고는 교관과 다른 병사들의 표정을 살피며 얼굴이 사색이 되어갔다.

교관은 자신의 선심 한 번으로 모든 병사를 지독한 군기 잡기의 살인적 처벌을 받게 할 수는 없었다. 모든 병사가 사색이 된 얼굴로 교관을 바라보며 지난밤의 후한 대접에 대한 감사와 오늘 당할 처벌에 대한 근심의 표정을 짓고 있을 때 교관이 병사들에게 다급하게 명령을 내렸다.

"모든 병사는 자신의 침대를 거꾸로 뒤집고 사물함 안에 있는 물건들을 전부 복도에 내려놓을 것!"

교관의 말이 떨어지자 병사들은 그의 말을 따라 각자의 침대를 뒤집어엎었고 사물함에 보관된 개인 소지품들을 복도로 내려놓았다. 그야말로 내무반은 전쟁터 같은 난장판이 되어버렸다. 일을 마친 병사들이 이해할 수 없다는 표정으로 교관을 바라보고 있을 때 선임하사가 아침 검열을 위해 내무반 문을 열고 들어섰다.

아직까지 단 한 번도 볼 수 없었던 전쟁터 같은 내무반의 모습을 발견한 하사가 노발대발하며 무슨 일인지 당장 설명하라고 지붕이 떠나갈 듯한 목소리로 고함을 질러댔다. 하사관의 고함소리가 잦아들자 교관이 나서며 설명을 했다.

"선임하사님, 진정하십시오! 제가 아침 검열 전에 내무반의 상황을 살펴보기 위해 들어왔는데 청소상태가 도무지 마음에 들지 않았습니다. 그래서 본때를 한번 보이기 위해 모든 병사의 침대를 뒤집어엎고 사물함의 모든 물건을 복도에 집어던진 후 다시 정리하라고 하였습니다. 정리되는 대로 다시 검열을 받도록 하겠습니다!"

교관의 말을 들은 하사관의 표정이 갑자기 부드럽게 바뀌었다. 그는 겁에 질린 병사들과 어질러진 내무반을 돌아본 후 교관의 어깨를 다정하게 두드리며 대답하였다.

"그래? 본때를 보이려고 했다는 거지! 좋아! 아주 잘했어! 한번은 따끔한 맛을 보여줘야지! 하지만 말야, 너무 완벽한 것을 기대하지는 말게! 아직 신병들이잖아! 응? 적당히 하라고!"

교관에게 점잖은 충고를 한 후 하사관이 내무반을 나가자 병사들은 각자의 사물을 집어던지며 교관을 향해 환호성을 질러댔다. 갑작스런 큰 소리에 문을 닫고 나간 하사관이 빼꼼히 문을 열고 고개를 들이밀며 교관을 향해 한마디 던졌다.

"왜! 한 번 더 둘러엎으려고 그러나? 웬만하면 봐주지 그래?"

웃음을 참고 심각한 척 표정을 짓고 있는 병사들을 뒤로하고 교관이 대답했다.

"네! 알겠습니다. 그만하도록 하겠습니다!"

하사관이 다시 문을 닫고 나가자 이번에는 병사들이 조용히 교관을 향해 양손의 엄지를 들어올리며 최고라는 찬사를 보냈다.

때로는 문제를 해결하기 위해서 문제를 둘러엎어서 더 큰 문제를 만들어야 할 때도 있다. 문제만을 위해서, 물리적인 손실과 시간 단축을 위해서는 잘못한 사람을 문책하고 책임을 지도록 하면 문제는 쉽게 처리될 수 있다. 하지만 문제를 책임져야 하는 사람이 상처를 입거나 괴로움을 당해야 하는 상황이라면 그에게 책임을 지우기보다 문제의 방향을 틀어서 책임을 면할 수 있게 하는 것도 좋은 방법이다.

문제는 시간이 지나면 해결되고 답을 발견하면 풀어진다. 하지만 사람이 입은 상처는 지워지지 않고 답을 얻는다고 해도 상처의 흔적은 지워지지 않는다. '사람'과 '문제' 두 가지를 놓고 생각해보라. 무엇이 더 중요한가. 문제를 푸는 것이 더 중요한가? 아니면 사람을 보호하는 것이 더 중요한가?

물론 문제를 푸는 것이 사람을 위한 것일 경우라면 문제를 통해 사람을 도와야 한다. 그러나 문제와 사람 둘 중에 하나를 선택해야 할 상황이 있다. 그때는 문제보다 사람을 선택해야 한다. 세상의 모든 문제는 사람을 위해 있다. 사람을 위해 문제를 풀 수는 있어도 문제를 위해 사람이 희생되어서는 안 된다.

안타깝게도 우리는 주변에서 문제 해결을 위해 사람을 희생시키는 경우들을 발견한다. 누군가 책임져야 할 때 가장 힘없고 약한 사람에게 책임을 지운다. 그래서 사람을 내보내고 그 자리에 있는 문제는 그대로 둔다. 그러니 다른 사람이 들어와도 역시 같은 문제로 시달리고 또다시 책임지는 상황이 이어진다.

국가적인 일이나 공적인 일은 어쩔 수 없다는 말을 할 수 있다. 그러나 당신과 나, 우리의 개인적인 관계와 일상적인 상황에서만큼은 문제보다 사람이 더 중시되면 좋겠다. 우리의 삶에는 문제와 해답이 남아 있기보다 사람이 남아 있어야 하기 때문이다.

자신의 잣대로
세상을 평가하지 말라

흔히 사용하는 미터법km, m, cm, mm과 그램 단위kg, g는 1899년 열린 제 1회 국제도량형총회 이후 대부분의 나라에서 사용되는 국제 표준의 길이와 무게 측정 단위이다. 그러나 미국과 영국은 아직도 그들이 전통적으로 사용해오던 인치in와 피트ft, 파운드lb, 온스oz 등을 사용하고 있다. 두 국가의 산업 기반은 이미 자국의 잣대로 형성되었기에 이제 와서 국제 표준을 사용한다는 것은 산업 전반에 막대한 비용을 치러야 하고, 혼란을 초래할 수 있어서 국제 표준법을 따르기에는 어려운 상황이 되고 말았다.

그로 인해 세계 각국이 영미 두 국가와 거래를 하기 위해서는 국제 표준과 두 국가의 측정 단위를 중복으로 사용해야 한다. 또한 미국과 영국의 측정 단위 사이에도 용어는 같지만 실제 길이와 무게가 다른 것도 있기 때문에 계산 착오로 피해를 입는 상황이 벌어지기도 한다.

눈에 분명히 보이는 물리적인 것을 두고도 사람들은 다른 평가를 내린다. 특히 경매장이나 전시회에서 그러한 차이를 실감할 수 있다. 한 사람은 쓸모없는 물건이라고 생각하고 경매를 포기하거나 무심히 지나치는 것을 다른 사람은 적극적으로 경매에 뛰어들어 기필코 그 물건을 손에 넣기도 하고, 힘겨운 상담을 통해 거래를 성사시키기도 한다.

한 가지 물건을 두고 두 사람에게 평가를 부탁한다면 두 가지 평가가 내려질 것이다. 세 사람이면 세 가지가, 열 사람이면 열 가지 평가가 있을 것이다. 하나의 물건을 보는 사람의 눈은 같지 않기 때문이다.

개중에 공부 좀 했다는 사람들과 통계를 내기 좋아하는 사람이 있다면 그 하나에 대한 열 가지 판단을 두 개나 세 개의 종류로 구분하려 할 것이다. 그러면 사람들은 그들의 말을 듣고 하나의 물건에 대한 두세 가지의 판단이 존재한다고 인식한다.

그러나 실상은 열 개의 판단이 존재한다. 그 한 사람 한 사람의 판단은 결코 같을 수 없다. 다만 공통되는 생각이 존재하기 때문에 평가에 대한 인식을 간단히 정리하기 위해서 의도적으로 묶었을 뿐이다. 원칙적으로 하나에 대한 열 사람의 생각은 열 가지이다. 백 명이면 백 가지이고 천 명이면 천 가지가 될 것이다.

눈에 분명히 보이고 정해진 크기와 무게를 가지고 있는 것에 대한 사람들의 평가가 이렇게 다양하다면 눈에 보이지 않는 지적이고 철학적인 견해와 가치관, 사람의 성품과 기질, 존재와 가능성, 사회성과 업적에 대한 평가는 얼마나 다양할까?

사람에 대한 평가는 물건에 대한 평가와는 비교할 수 없을 만큼 어렵고 복잡하고 다양할 수밖에 없다. 한 사람에 대한 평가도 어제와 오늘이 다르고, 오전과 오후가 다르고, 예전과 지금이 다르고, 현재와 미래가 다를 것이다.

경험이 많은 사람들과 나이 지긋한 노인들이 사물과 사람에 대해서 함부로 말하지 않고, 자기 고집을 내세우지 않는 이유가 바로 거기에 있다. 자신의 판단이 틀릴 수도 있음을 알기 때문이다. 그러기에 다른 사람들이 어떻게 생각하고 있는지를 알기 전에는 함부로 자기 생각을 드러내지 않는다. 그러한 노인과 경험자들에 대해서 대부분의 사람들은 현명하고 지혜롭다고 이야기한다. 이러한 견해에서 본다면 현명한 것과 지혜로운 것은 별것 아니다. 자신의 판단을 너무 쉽사리 급하게 드러내지 않으면 된다.

그러나 이렇게 간단한 지혜의 원리를 알지 못해서 우리는 사람에 대한 평가를 너무 쉽게 내리며 살아가고 있다. 특히 그러한 현상은 어리석은 사람들과 철없는 사람들, 경험이 부족한 사람들과 어린 사람들에 의해 저질러진다.

삽으로 땅 파는 일을 하던 시절, 송수관을 설치하기 위한 작업에 병사들이 투입되었다. 부드러운 흙으로 된 땅을 파는 병사들은 할 만했지만 거친 돌로 이루어진 땅을 파야 하는 부대의 병사들은 더 힘들게 일하면서도 작업이 느리다는 잔소리까지 들어야 했다. 송수관을 설치하기 위한 깊이는 정확히 1미터였다.

송수관 매설 공사의 책임자는 성질이 괴팍하기로 소문난 하사관이었다. 그는 1미터짜리 잣대를 만들어서 가지고 다니며 병사들이 파놓은 도랑의 깊이를 재고 다녔다. 그는 조금이라도 깊이가 부족한 것이 발견되면 근처에서 일하는 병사들에게 잣대를 휘두르며 고래고래 고함을 지르고 저녁밥을 주지 않겠다며 으름장을 놓았다. 그로 인해 모든 병사들은 도랑을 판 후 하사관의 잣대를 빌려서 깊이를 잰 후 정확하게 1미터가 되도록 다지기도 했고 더 파기도 했다.

아무리 더운 날에도 하사관은 쉬는 시간을 늘리거나 작업을 일찍 끝내주지 않았다. 작업을 시작하는 시간, 휴식 시간, 물 마시는 시간, 점심 시간, 간식 시간, 일을 마치는 시간은 언제나 동일했다. 그러던 어느 날 하사관이 한 시간이나 일찍 작업을 마치도록 명령을 내렸다. 모든 병사들이 놀란 눈으로 하사관을 쳐다보았다. 그는 병사들을 칭찬하며 그날은 다른 날보다 작업 진척도가 월등히 높아서 당일에 해야 할 작업량을 초과했다고 말했다.

오랜만에 여유로운 저녁 시간을 갖게 된 병사들은 천천히 식사를 마치고 각자의 내무반으로 돌아가서 기분 좋은 시간을 보냈다. 그런데 해가 지고 잠자리에 들 시간이 되어가는 순간에 갑자기 부대 내에 소집 나팔이 울려퍼졌다. 놀란 병사들이 옷을 갈아입고 연병장에 집합하자 하사관이 잣대를 들고 나타났다. 그는 병사들을 향해 큰 소리로 고함을 질렀다.

"어떤 놈이 내 잣대를 잘랐어? 당장 나오지 않으면 오늘 밤 취침은 없다!"

그리고 그날 밤 병사들은 밤새도록 그날 낮에 작업했던 곳의 도랑을
모두 다시 파야 했다.

잘못된 잣대의 후유증은 상당히 크다. 한밤에 일어나서 연병장에 모
여야 할 수도 있고, 어제 했던 일을 다시 해야 할 수도, 칭찬 들었던 일
이 욕먹는 일로 바뀔 수도 있다.

사람은 누구나 자기 속에 잣대를 가지고 있다. 그리고 그것으로 재
고, 달고, 평가하며 살아간다. 잣대는 필요하다. 그러나 그 잣대가 자기
만의 잣대일 때 문제가 발생할 수 있음을 알고 있어야 한다. 자신의 잣
대가 친구의 잣대와 다를 수 있고, 부러진 잣대일 수 있고, 끝이 잘려나
간 잣대일 수도 있다.

줄자를 사용하는 사람들은 두 가지 자를 번갈아 사용하지 않는다. 두
개의 잣대가 다르다는 것을 경험을 통해 알고 있기 때문이다. 같은 회
사에서 동일한 공정을 통해 만들어진 자일지라도 세상을 구르다 보면
끝부분이 느슨해질 수 있고 중간이 접히거나 구부러지기도 한다.

그런 결과로 1밀리미터, 2밀리미터, 3밀리미터 정도의 차이가 날 수
있다. 일반적으로 그 사소한 차이가 별것 아니기는 하지만 유리 공사를
하거나 물건을 정확하게 끼워 맞추어야 하는 작업에서는 난처한 상황
을 초래한다. 다 만들어진 물건을 사용할 수 없기도 하고, 준비가 다 된
상황에서 대형 유리를 창틀에 끼워넣기만 하는 상황에서 1밀리미터의
차이로 인해 공사가 다음 날로 미루어지기도 한다. 두 개의 잣대로는

한 가지 일을 마무리하기 어렵다. 한 가지 일에서는 하나의 잣대로 일해야 한다.

자신만의 잣대로 남을 평가하지 말라. 그렇지 않으면 단 한 명의 친구도 얻을 수 없을 것이다. 남자의 눈으로 여자를 평가하지 말라. 여자의 눈으로 남자를 평가하지 말라. 남자의 세계는 여자가 알 수 없는 부분이 있고, 여자의 세계도 남자가 알 수 없는 부분이 있다.

남의 말을 듣고 제3자를 평가하지 말라. 신문이나 언론보도를 보고 개인을 평가하지 말라. 그들은 자기의 잣대로 세상을 평가하고 있다. 그들의 평가는 맞을 수도 있지만 틀릴 수도 있다. 혼자서 세상 모든 것을 평가하려 하지 말라.

특히 자식의 눈으로 부모를 평가하지 말라. 자식은 부모를 평가할 자격을 갖지 못했다. 다만 감사하고 존경하라. 그것이 자녀로서 부모에게 할 수 있는 최고의 평가이다.

036 엉뚱한 문제도
상식적으로 풀어라

특수부대 병사가 친구들과 이야기를 나누고 있었다. 친구들은 특수 부대의 훈련이 얼마나 어려운지를 물어보았지만 병사는 특별할 것 없 다고 대답하였다. 처음에는 모든 과정이 힘들고 두렵기는 했지만 일상 적으로 반복되는 훈련에 익숙해지면 그렇게 대단할 것 없다는 게 그의 설명이었다. 훈련 중에 가장 어려웠던 때가 언제인지를 물어보자 병사 가 대답하였다.

"정말 겁나는 때가 한 번 있었지! 전혀 예상하지 못한 일이었거든. 비 행기에서 낙하산을 펴고 뛰어내렸는데 바람이 심하게 부는 거야! 바람 에 날려가지 않기 위해서 안간힘을 쓰며 착륙 지점으로 가려 했지만 낙 하산이라는 게 워낙 바람에 민감한 거라서, 결국 목적지를 벗어나서 잔 디밭으로 떨어지고 말았어! 낙하산을 접으려고 일어서는데 옆에 있는

푯말이 보이더라고. '잔디밭에 들어가지 마시오!' 낙하산을 접는데 얼마나 긴장이 되던지……. 군 생활 중에 그때처럼 식은땀이 난 경우는 없었다니까!"

하늘을 나는 비행기에서 뛰어내리는 일도 익숙해지면 그렇게 특별한 일이 아닐 수 있다. 하지만 커다란 낙하산과 함께 잘 가꾸어놓은 남의 잔디밭에 떨어지는 일은 아무리 훈련받은 병사라고 해도 익숙해질 수 없는 일이었다.

예상치 못한 상황에 대해서는 누구라도 긴장하게 되고, 당황해서 식은땀을 흘리게 된다. 뜻하지 않은 일, 짐작하지 못한 일, 황당한 일, 이해할 수 없는 일을 당했을 때가 인생에 있어서 정말 중요한 시기이다.

대통령도 장관도, 노인이나 아이도 누구나 살다보면 스스로 의도하지 않은 일을 당하게 된다. 모든 사람은 그런 일이 없기를 기대하지만 그럴 수는 없다. 감기 걸리기 싫고 아프기 싫고 넘어지기 싫지만 한 번도 콧물을 흘리지 않은 사람은 없고 아픈 적이 없는 사람도, 넘어진 기억이 없는 사람도 없다.

엉뚱한 문제를 당하고, 엉뚱한 말을 듣고, 엉뚱한 상황에 처하게 되었을 때 그 상황을 가장 현명하게 대처하는 비결은 엉뚱하게 대처하지 않는 것이다. 엉뚱한 상황에서 가장 필요한 것이 엉뚱하지 않은 정상적이고 상식적인 자세이다.

갑자기 당하는 비상식적인 상황이 사람을 상식적이지 못하게 한다.

하지만 그런 상황에서 상식적인 자세가 절실히 필요하다. 상식적인 상황에서 상식적으로 말하고 행동하는 것은 누구나 가능하다. 그러나 이상한 상황에서는 상식적이기가 어렵다. 하지만 그때가 정말 상식의 힘이 필요할 때이다.

상식적인 사람을 상식적으로 대하는 것은 어렵지 않다. 하지만 상식 없는 사람을 상식적으로 대하기는 어렵다. 그러나 정말 상식적인 대접을 해야 할 대상은 바로 그런 사람이다. 부드러운 사람을 부드럽게 대하는 것은 아주 쉬운 일이다. 그러나 거친 사람을 만나면 자신도 모르는 사이에 같이 거칠어져 있는 것을 발견하게 된다. 부드러움이 필요할 때는 거친 사람을 만났을 때이다.

아무리 어려운 일이라도 일어날 것을 미리 인식하고 있다면 어려울 것을 각오하고 있었기 때문에 그 일로 인해 큰 실수를 저지르지는 않게 된다. 하지만 사소하고 작은 일이라도 예상치 못한 순간 갑자기 발생한다면 실수하게 되고, 전혀 의도하지 않은 말과 돌발적인 태도를 보일 수 있고, 그로 인해 씻을 수 없는 실수를 남기게 된다.

훈련만 잘 한다고 훌륭한 병사가 되는 것은 아니다. 훈련받지 않은 상황에서도 훈련받은 태도를 유지할 수 있어야 진정한 병사라고 할 수 있다. 연습만 잘 한다고 경기에서 이기는 선수가 되지는 않는다. 상대팀의 방해와 예상치 못한 경기장의 상황, 심판들의 실수와 관중들의 야유를 차분하게 극복할 수 있어야 경기에서 이기는 선수가 될 수 있다.

삶의 과정도 마찬가지다. 특히 사회 경험이 부족하고 인생 경력이 짧은데다 사고력과 판단력도 부족하고 성질은 급하고 힘은 넘쳐나는 청춘기에 가장 필요한 것이 돌발 상황 적응능력이다.

상식적이지 못한 사람을 만났을 때, 거친 사람을 만났을 때, 짐작하지 못한 일이 발생했을 때, 억울한 일을 당했을 때, 기분 나쁜 말을 들었을 때, 황당한 일에 빠지게 되었을 때가 정신을 차려야 할 때이고, 상식적이고 이성적으로 그 모든 것들을 풀어가야 할 때이다.

엉뚱한 사람을 만났는가?

그때가 신사답게 행동해야 할 때이다.

배신당했는가?

그때가 의리를 지켜야 할 때이다.

분노가 터져나와 사람과 세상을 향해 소리치고 싶은가?

그때가 사람과 세상을 향해 잔잔한 대화를 시작할 때이다.

욕하고 싶은가?

그때가 칭찬의 기술을 사용할 때이다.

도저히 참을 수 없는 일을 당했는가?

그때가 정말 참아야 할 때이다.

모든 의욕을 상실하고 아무 것도 하기 싫은 상황에 빠졌는가?

그때가 무언가를 시작해야 할 때이다.

말도 안 되는 경우에도
대들지 말라

당신의 인생은 말 되는 상황에 달려 있지 않고 말도 안 되는 상황에 달려 있다. 말 되는 상황에서는 누구라도 잘할 수 있고, 말할 수 있고, 성공할 수 있다. 그러나 삶에는 말 안 되는 경우가 주기적으로 찾아온다. 그 시기를 말 되게 하는 것이 삶의 기술이다.

비가 오는 날 훈련이 취소되고 실내에서 왕래하는 병사들이 많아졌다. 늘 혼자 사무실을 지키고 있던 행정사관이 할 일 없이 왕래하는 병사들이 업무를 방해한다는 생각이 들었다. 병사들에게 무언가 일을 시켜야겠다는 생각에 사관은 지나가는 병사들을 불러서 명령을 내렸다.

"지금 당장 저기 있는 깡통을 들고 나가서 화단에 물을 준다. 실시!"

그의 명령을 들은 병사들이 경례하고 돌아서려는데 한 병사가 돌아서는 대신 허리를 앞으로 약간 숙이면서 사관에게 대답했다.

"지금 밖에는 아침부터 비가 오고 있습니다!"

병사의 말에 사관은 단호한 표정으로 다시 병사에게 소리쳤다.

"그건 네가 상관할 일이 아니다. 비가 오면 우비를 입으면 될 것 아닌가?"

한 병사가 합리적인 대답을 건네는 참에 주춤하던 병사들은 사관의 말이 떨어지자 두말없이 깡통을 들고 비 오는 화단으로 나가서 물을 주었다.

훈련 중 최고 훈련은 사람을 상대하는 훈련이다. 어떠한 훈련도 말도 안 되는 말을 하는 사람을 상대하는 것보다 어렵지 않다. 의외로 세상에는 그런 사람들이 많다. 그러므로 사람 대하는 훈련이 필요한데 그런 훈련의 장소로 군대보다 적합한 곳은 없을 것이다.

사람이 만든 조직 중에 가장 강한 조직이 군대다. 군대가 강한 이유는 일방적인 명령이 가장 잘 통하는 곳이기 때문이다. 또한 대화나 논의보다 상부의 결정과 명령이 가장 큰 권위를 갖는 곳, 시키면 해야 하는 곳이기 때문이기도 하다.

군대를 다녀온 사람들은 안다. 군대에서 배운 것 중에 가장 도움이 되는 것은 상사가 잘못된 말을 하고 틀린 지시를 내려도 일단 듣고 따르는 절대 복종의 정신이라는 것을……. 의견 충돌보다는 몸으로 고생하는 것이 나중을 위해 훨씬 낫다는 것을 배울 수 있는 곳이 군대이다. 군대를 '인격 수련의 도량'이라고 하는 이유는 말도 안 되는 말을 듣고 따르는 훈련이 가능한 곳이기 때문이다.

　모든 사람들이 말도 안 되는 상황을 당하지 않기를 바라지만 세상에는 말도 안 되는 경우가 아주 많다. '물에 빠진 놈 건져주니 보따리 내놓으라 한다'는 속담은 이미 오래전부터 세상에는 말도 안 되는 상황들이 흔하게 있었음을 알려준다.

　말도 안 되는 경우를 당하면 참지 못하고 대들거나 따지고 들지 말라. 시간이 지난 후에 상대는 자신의 말 안 되는 상황은 기억하지 못한다. 다만 자신에게 대들고 따진 사람의 태도와 눈빛만 기억한다. 그는 자신의 말도 안 되는 말을 기억하지 못한다. 그 말을 기억하는 사람은 그런 말을 들었던 나 자신뿐이다.

　우리는 말 되는 말을 하는 사람들과만 어울려 살 수는 없다. 때로는 우리 자신도 말 안 되는 상황에 빠져서 이상한 말을 할 때가 있고, 어떤 사람도 맞는 말만 하며 살지는 못하기 때문이다. 맞는 말이라고 하지만 틀린 말일 수 있고, 틀린 말인 줄 알았는데 맞는 말일 수도 있다. 또한 곤란한 상황에 빠지면 말도 안 되는 것이 도리어 말이 되기도 한다.

　비 오는 날 화단에 물을 주는 일은 말도 안 되는 상황이다. 그러나 선임병사가 후임을 골탕 먹이기 위해 심술을 부리는 중이라면 그것은 말이 된다. 그때 논리와 상식으로 대드는 후임병은 선임이 제대하는 날까지 눈밖에 나게 된다. 그리고 그 후로 그는 말도 안 되는 상황을 수없이 당하게 될 것이다. 그러나 그 말도 안 되는 일을 아무 소리 하지 않고 받아들이는 후임병사는 선임의 신임을 받게 될 것이다.

골탕을 먹이기로 작정한 사람이 있다면 순순히 먹어주는 것이 낫다. 사람의 가치는 그러한 상황에서 평가될 때도 있기 때문이다. 그리고 많은 사람들은 그런 불합리한 상황에서 친분을 맺기도 하고 우정을 쌓기도 한다. 사람이라는 존재가 그렇게 합리적인 존재가 되지 못하기 때문이다.

완벽한 조건에서 만나 완전한 관계를 유지하다가 깔끔하게 매듭지어지는 인간관계란 그리 흔하지 않다. 적당히, 얼렁뚱땅 만나서 어울리다가 어느 순간에 절친한 사이가 되는 것이 대부분의 인간관계다. 말도 안 되는 경우를 무시하거나 외면하지 말고, 말도 안 되는 말에도 말 되게 반응하라. 그 황당한 상황 속에서 끈끈한 우정과 인간애가 피어날 수 있기 때문이다.

038 약은 사람이
되지 말라

약은 짓을 절대로 하지 말라. 약아빠진 사람을 좋아할 사람은 아무도 없다. 세상 모든 사람은 약은 사람을 좋아하지 않는다. 약은 짓을 이해하고 받아줄 사람은 세상에 없다. 약삭빠른 행동을 하는 사람은 그 순간 이익을 보는 것 같지만 결국에는 사람들에게 버림을 받고, 좋은 기회도 얻지 못하게 될 것이다.

왜 사람이 약은 행동을 할까?

손해 보지 않으려는 마음이 있기 때문이다. 나와 남의 관계를 돕고 나누는 인문적인 관계나 인정관계가 아닌 이윤을 남겨야 하는 거래로 인식하고 있기 때문이다. 업무가 아닌 인간 대 인간의 관계에서는 오히려 손해 보는 것이 당연하다는 인식이 필요하다. 밥 한 끼를 더 사고 커피 한 잔을 더 사는 것이 물리적으로는 손해이나 정서적으로는 비교할 수 없을 만큼 상대의 관심과 호의를 얻게 한다.

우리에게 정말 필요한 것은 무엇일까?

상대보다 덜 쓰고 남은 여유로운 지갑인가, 더 쓰고 돌아오는 상대의 감사와 인정인가?

많은 사람들이 사람 구실을 하며 세상을 살려면 돈이 있어야 한다고 말한다. 물론 틀린 말이라고 할 수 없다. 그렇다면 어느 정도의 돈이 있어야 할까? 사람을 사귀기 위해, 상대를 배려하기 위해 쓸 수 있는 돈까지 아끼며 지독하다는 말을 들으면서 사람 구실을 위해 지갑을 꺼내지 않아야 하는 것일까?

필자의 주위에는 다양한 사람들이 있다. 그중에는 주변 사람들에게 밥 한 끼 사지 않는 알뜰한 사람도 있다. 그는 항상 외롭다. 그의 주위에는 절친한 사람이 거의 없다. 한가한 낮에 함께 식사할 만한 사람도 없다. 반갑게 인사를 주고받는 사람도 없다. 얼굴을 아니까 그냥 지나칠 수 없어서 주고받는 인사가 전부이다. 그는 아주 작은 금전적인 문제라도 발생하면 사자처럼 무서운 사람이 된다. 내가 보기에 그는 금전적으로는 넉넉하게 살고 있다. 그러나 사람들과 어울리는 인정적인 기쁨은 전혀 없는 불행한 사람이다.

사람이 사람과 어울리지 못하면 과연 그 인생이 행복할 수 있을까? 사람이 있어야 할 자리에 두툼한 지갑이 자리잡고 있다면 과연 그 두툼한 지갑이 삶에 위로를 줄 수 있을까? 외로울 때 지갑이 말 한마디라도 건네줄 수 있을까? 갑자기 아파서 움직일 수 없을 때 따뜻한 물이라도 한 잔 끓여줄 수 있을까?

사람마다 생각이 다르겠지만 필자는 큰 집에서 찾아오는 사람 하나 없이 홀로 사는 것보다 작은 집에서 많은 사람들과 어울리며 사는 것이 낫고, 물질적인 풍요를 위해 사람을 멀리하는 것보다 사람을 만나고 어울리기 위해 물질을 사용하는 것이 낫다고 생각한다.

약은 찰스는 늘 삼촌에게 하소연해서 돈을 얻어간다. 자식이 없는 삼촌은 어려운 일이 있을 때면 조카들에게 도와달라고 연락한다. 그러면 다른 조카들은 삼촌을 돕기 위해 모이지만 찰스는 그때마다 급한 일이 생겨서 갈 수 없다고 한다. 삼촌에게 어려운 일이 생길 때는 찰스에게도 항상 어려운 일이 생긴다. 삼촌은 그런 찰스를 미워하지는 않는다. 다른 조카들과 똑같이 대접해준다.

삼촌이 위독하다는 연락을 받고 모든 조카들이 병원으로 모였다. 안타깝게도 삼촌은 조카들이 보는 앞에서 숨을 거두고 말았다. 슬퍼하는 가족들 뒤에 서 있던 변호사가 장례 절차와 유산 상속에 대한 유언장을 삼촌이 미리 작성해두었다고 이야기하였다.

변호사는 오해가 없도록 모든 가족이 모인 자리에서 유언장을 공개해야 한다며 삼촌의 유언장을 읽기 시작하였다.

"내가 운영하던 회사는 가장 성실한 첫째 조카 피터가 운영하게 하고, 집은 여동생 하나에게 주고, 별장은 둘째 남동생 폴에게 주고, 자동차는 늘 내 차를 갖고 싶어하던 옆집 친구 아브람에게 주고, 골프장 회원권은 운동부족으로 몸이 허약한 막내 동생에게 주고……."

유언장의 내용이 길어지자 자신의 이름이 언제쯤 나올 것인지를 궁금해한 찰스가 나서서 변호사에게 물어보았다.

"찰스라는 이름은 언제쯤 나오나요?"

변호사가 유언장 아래쪽을 살펴보며 대답하였다.

"네! 여기 찰스에 대해서도 기록한 게 있네요! 상당히 길게 나와 있는데요!"

자신에 대한 내용이 길게 나와 있다는 말에 찰스의 얼굴에 미소가 지어졌고, 다른 조카들은 약간 실망한 듯한 표정을 지었다. 평소 삼촌에게 잘하는 것 없이 돈만 얻어가던 찰스를 삼촌은 모른 척했지만 조카들은 찰스가 삼촌을 너무 많이 이용해먹는다고 생각하고 있었다. 그런데 삼촌이 그런 찰스에게 긴 유언을 남겼다는 것이 속상했다. 변호사가 찰스에 대한 부분을 읽기 시작하였다.

"사랑하는 조카 요셉에게는 학비로 오만 달러를 주고, 마리아에게는 작은 가게를 시작할 수 있도록 육만 달러를 주고, 그리고 언제쯤 자기 이름이 나올까를 기다리고 있을 조카 찰스를 위해서는 특별히 해줄 말이 있다. 찰스야 나 먼저 간다. 약게 살면 진정한 친구를 얻을 수 없단다. 이제부터라도 잘 살다 와라. 천국에서 보자! 안녕!"

약삭빠른 사람은 최후의 순간에 도움을 얻을 수 없다. 사람들은 다 알고 있다. 다만 모르는 척하고 지낼 뿐이다. 대부분의 사람들은 남에게 싫은 소리를 해서 좋을 것 없다는 것을 안다. 그래서 약은 사람을 보고 왜 그렇게 약게 사느냐고 하지 않고, 이상한 사람에게 이상하다고 하지 않고, 치사한 사람에게 치사하다고 하지 않고, 성질 더러운 사람에게 왜 그렇게 성질이 더럽냐고 하지 않는다. 그래서 대부분의 사람들은 자신들의 약점이나 단점을 잘 모르고 있다. 하지만 결정적인 순간에는 단호하게 그런 약은 사람을 향해 거절의 손을 내민다.

사람들이 나에게 내가 어떤 사람인지를 분명히 이야기해주지 않는다면 내가 약은 사람인지 아닌지를 어떻게 알 수 있을까?

알 수 있다. 사람들의 눈빛을 보라. 그리고 자신의 지갑을 보고, 손을 보고, 자신의 말을 들어보고, 태도를 보고, 생각을 점검해보라. 친구를 만나고 나서도 지갑의 두께가 그대로라면 당신은 약은 사람이다. 여러 명의 친구를 만나도 역시 지갑의 두께가 줄어들지 않았다면 당신은 엄청 약은 사람이다.

얻어먹자는 말, 사달라는 말, 신세 진다는 말을 자주 사용하고 있다면 당신은 약은 사람이다. 식사를 마치고 다른 사람들이 다 나갈 때까지 자리에 앉아 있다면 당신은 약은 사람이다. 1년에 한 번도 당신의 손에 누군가를 위한 선물이 들려 있은 적이 없다면 당신은 약은 사람이다. 사람을 만날 때 당신의 생각 속에 '내가 해줄 수 있는 게 뭘까?' 하는 생각이 들어 있지 않다면 당신은 약은 사람이다.

높은 곳에 있으면
언젠가는 떨어진다

'Too Young', 'When I Fall in love', 'Mona Lisa' 등의 노래를 부른 가수 냇킹콜은 원래 노래를 하는 사람은 아니었다. 어린 시절부터 피아노 연주에 뛰어난 재능을 가지고 있어서 연주자로 활동하던 사람이었다. 한 클럽에서 피아노를 연주하고 있던 그에게 술에 취한 손님이 노래를 부르라고 소리를 질렀다.

예상치 못한 요청에 냇킹콜은 "노래 시간은 끝났습니다. 저는 피아노를 연주하는 사람입니다" 하고 대답했지만 술에 취한 손님은 그의 말을 듣고도 계속 노래를 부르라고 소리쳤다. 그가 클럽의 단골손님이었기에 내쫓을 수도 없었다.

잔잔하게 피아노가 연주되어야 할 시간에 술 취한 손님이 피아노 소리보다 크게 소리를 지르자 클럽의 분위기는 긴장에 감싸였다. 사람들

앞에서 노래를 해본 적이 없는 냇킹콜은 묵묵히 피아노 연주에 몰두하려고 애를 쓰고 있었다. 자신의 말을 무시하고 있다는 느낌은 받은 손님이 클럽 주인과 피아노 연주자를 향해 마지막 협박을 가해왔다.

"자네가 노래하지 않으면 다시는 이 클럽에 오지 않을 거야! 친구들도 발을 끊으라고 하겠어! 이 클럽이 망하게 되면 그건 순전히 자네가 노래를 하지 않았기 때문이야!"

취한 손님의 마지막 협박에 냇킹콜은 난처한 표정을 짓고 있는 지배인을 향해 고개를 끄덕이고는 손님을 향해 노래를 하겠다고 대답하였다. 피아노 연주자가 노래를 한다는 말에 클럽 안에서 시끌벅적하게 떠들던 사람들은 무대로 고개를 돌리며 연주자를 바라보았다.

그날 냇킹콜은 처음으로 무대에서 준비되지 않은 노래를 불렀다. 노래가 끝나자 클럽 안에 있던 사람들은 우레와 같은 박수를 보냈다. 그 후 냇킹콜은 그 손님이 오는 날이면 어김없이 노래를 불렀고, 그로 인해 피아노 연주자가 노래를 한다는 소문이 나자 더 많은 사람들이 그의 노래를 듣기 위해 클럽을 찾아오게 되었다.

노래하는 피아니스트가 있다는 소문은 멀리까지 퍼지게 되었고, 소문을 듣고 찾아온 음반 제작자에 의해 냇킹콜은 가수로 활동을 시작하게 된다. 그렇게 해서 세계적인 가수 냇킹콜이 탄생하였다.

냇킹콜은 술 취한 사람의 말을 무시하고 클럽을 떠날 수도 있었다. 하지만 그는 손님의 무례한 요청을 거절하는 대신 받아들였고, 그를 위해 올 때마다 준비하지도 않은 노래를 불러주었다. 그로 인해 세계적인 가수가 되었다.

　기분 나쁜 소리를 듣고 기분이 나빠지는 이유는 말을 하는 상대보다 내가 높은 자리에 있다고 생각하기 때문이다. 나보다 높은 자리에 있는 사람, 나에게 잔소리를 할 수 있는 위치에 있는 사람의 말은 나를 기분 나쁘게 하지 않는다. 하지만 나보다 아래 있는 사람이나 수준이 낮은 사람이 하는 잔소리나 간섭에는 기분이 나빠진다. 그 이유는 내가 그보다 높이 있거나 나은 사람이라고 생각하기 때문이다.

　자신을 너무 높은 자리에 올려놓지 말라. 그러면 모든 사람의 말에 기분이 나빠진다. 윗사람이건 아랫사람이건 사람들의 말을 잘 들으면 둘 다 나에게 도움이 된다. 이유 없이, 근거도 없이 떠들어대는 말이라면 윗사람이든 아랫사람이든 웃어넘기면 그만이다. 하지만 내용이 담긴 말이라면 지위고하를 막론하고 잘 듣는 것이 좋다. 때로는 술 취한 사람의 말을 통해서 인생의 새로운 기회를 얻는 경우가 생길 수도 있기 때문이다.

　대청소를 하는 날, 냉장고를 옮겨야 했다. 집에 있는 남자는 나 혼자였다. '어떻게 하면 냉장고를 혼자 이동시킬 수 있을까?'를 생각하다가 한쪽으로 기울여서 지그재그로 걸음마를 시키면 될 것 같았다. 너무 많이 기울이면 넘어질 것이고 너무 조금 기울이면 움직이기가 어려울 것이다. 걸음마를 시키기에 적당한 각도로 기울이면 냉장고를 충분히 혼자 이동시킬 수 있을 것 같았다.

　벽 가까이 서 있는 냉장고를 천천히 앞으로 기울여서 적당한 각도를 만들려는 순간 냉장고 위에서 무언가가 움직이는 소리가 들렸다. 이동시키기 전에 올려진 물건이 없는지 확인을 했어야 하는데 이미 늦었다.

무엇이 올려져 있었는지 확인하기 위해 고개를 들자 천천히 미끄러져 내려오는 펜치가 눈에 들어왔다. 얼마 전부터 보이지 않던 펜치가 냉장고 위에 있었던 것이다. 뒤쪽에서부터 미끄러지는 방향을 보니 그대로 떨어지면 발등으로 떨어질 것 같았다. 그렇다고 냉장고를 놓고 도망갈 수도 없었다. 다시 바로 세우기에도 이미 시간이 부족했다.

위기일발의 순간에 내가 생각해낸 해결 방법은 떨어지는 펜치의 각도를 바꾸는 것이었다. 손으로는 냉장고를 잡고 있으니 손을 사용하는 것은 불가능했다. 움직일 수 있는 것은 머리밖에 없으니 머리를 사용해야 했다. 냉장고 뒤쪽에서부터 점점 속도를 내서 미끄러지는 펜치가 떨어지기 직전에 머리를 숙여 헤딩으로 펜치를 받아쳤다.

다행히 펜치는 머리를 치고는 옆으로 뚝 떨어졌다.

'누가 펜치를 여기 올려놓았지?'

바로 나였다. 전등을 바꾼다고 의자를 놓고 올라서서 작업을 하다가 펜치를 그 위에 놓고 일을 마친 것이었다.

떨어지는 펜치를 보며 높은 곳에 있는 물건은 언젠가는 떨어진다는 것을 깨달았다. 그리고 사람도 높은 곳에 있는 사람은 언젠가는 떨어지겠다는 생각, 떨어지지 않으려면 높은 곳에 올라가지 않는 것밖에 다른 방법이 없겠다는 생각이 머리를 스쳐갔다.

사람 사이에서 일어나는 문제는 대부분 높이 싸움이다. 왜 아랫사람이 까부느냐? 윗사람이 그게 뭐냐? 알지도 못하면서 함부로 말하지 말라! 알면 얼마나 안다고 그러냐……

무언가를 얻기 위해서는 자세를 낮춰야 한다. 땅에 떨어진 것을 줍기 위해서도 허리를 숙여야 하고, 친구에게 도움을 얻기 위해서도, 거래를 성사시키기 위해서도 자세를 낮춰야 한다.

아름다운 정원을 갖고 싶은 사람은 허리를 숙여 땅을 파고, 나무를 심고, 물을 주고, 잡초를 뽑아야 한다. 그런 다음에야 그는 비로소 아름다운 정원을 가질 수 있게 된다. 낮은 자세를 갖지 못한 사람은 아름다운 정원을 가질 수 없다.

목을 너무 뻣뻣하게 세우지 말라. 바람만 세게 불어도 꺾일 수 있다. 높은 자리에 오르지 말라. 한 걸음만 실수해도 떨어지게 된다. 낮은 자리에 서고, 서 있는 것이 불안하면 엎드려라. 결코 떨어지거나 넘어지지 않을 것이다. 자세를 낮추면 상처 입을 일도 없고, 서운해서 우는 일도 없을 것이다.

040 공부하지 않은 것이 가장 후회된다

　나는 청년 시기에 공부를 열심히 하지 않았다. 공부를 해야 할 상황도 아니었지만 공부할 마음도 없었다. 공부가 얼마나 중요한지 몰랐고, 공부하지 않은 결과가 얼마나 비참한지도 몰랐다. 그러나 지금, 청년기에 열심히 공부한 사람들 사이에서 살아가려니 기초 지식이 너무 부족한 것을 통감한다.

　나는 다양한 지식과 전문적인 지식을 가진 사람들과의 대화에서 내 생각을 자신 있게 이야기하지 못하는 것을 느낀다. 다른 모든 것들은 겪을 수도 있고 아닐 수도 있다. 놀러 가지 못한 것, 세상을 많이 경험하지 못한 것은 그리 후회스럽지 않다. 그러나 공부할 수 있는 기회를 놓친 것은 가슴이 아플 정도로 아쉽다. 아마도 이런 마음은 죽을 때까지 가지고 가야 할 아픔일 것이다.

청년기에 몇 년 공부하지 않은 것이 인생을 이렇게 힘들게 할 줄 몰랐다. 그때는 정말 몰랐다. 공부 안 해도 충분히 원하는 일을 다 할 수 있을 것이라고 생각했다. 그러나 그 시기를 지나서 보니 공부하지 않은 사람에게 좋은 기회란 거의 주어지지 않는다는 것을 알았다. 뒤늦게라도 책을 읽으며 혼자 여러 가지를 공부했지만 때는 이미 늦었다. 모든 것을 넉넉히 해내는 사람들 사이에서 나는 겨우 턱걸이만 하며 살아가고 있다.

혹시 이 글을 읽고 있는 분이 공부가 얼마나 중요한 것인지를 생각한 적이 없는 청년이라면 지금부터는 생각을 바꾸길 바란다. 그대는 조금 뒤에 지금 공부한 만큼의 인생을 살게 될 것이다. 할 수 있다면 좋은 대학을 가고, 밥을 건너뛰더라도 바다를 건너뛰어서 유학을 갈 수 있으면 가라.

한 번 더 놀고, 하루 더 쉬고 다음 달부터 열심히 한다는 생각은 지금 당장 버려라. 젊을 때 공부하지 않은 사람이 살아갈 인생은 결코 화려하지 못할 것이다. 재미있지도 행복하지도 않을 것이다. 사람들의 말처럼 그야말로 죽지 못해서 살아가는 인생이 되어 힘겨운 삶을 살아가게 될 것이다.

공부하라! 배우라! 터득하라! 공부한 만큼 사회적 수준을 갖게 될 것이기 때문이다. 물론 아닐 수도 있다. 그러나 확률적으로는 가장 정확하다. 공부 안 하고 잘 사는 사람은 100명 중에 한두 명이다. 내가 그 한두 명이 될 것이라고는 생각하지 말라. 그 한두 명은 공부 안 한 사람들이 아니다. 공부하고 싶지만 할 수 없었던 사람들로서 공부보다 힘든 일을 공부할 만큼보다 더 많이 한 사람들이다. 그러면서도 그들은 공부하지 못한 것을 아쉬워하고 있다.

20대에 공부하지 않으면 반드시 후회할 날이 온다. 하늘이 무너져도 이 말은 진실이다. 공부 안 한 30대에게 물어보라. 한 사람도 후회하지 않는 사람은 없을 것이다. 젊을 때 공부하지 않은 사람도 청춘을 만나면 공부하라고 한다. 그들도 나이를 먹고 난 후에 공부의 중요성을 몸으로 깨우쳤기 때문이다.

공부하지 않은 사람이 성공하는 것은 공부한 사람이 성공하는 것보다 백 배는 어렵다. 공부하는 시기에는 잘 모른다. 공부한 사람과 안 한 사람이 어느 정도의 차이가 나게 될지. 대학 4년을 열심히 공부한 사람과 시간만 흘려보낸 사람은 졸업 후에 백 배 이상의 차이가 벌어지게 된다.

공부 안 한 사람은 판사가 될 수 없고 법관이 될 수 없다는 것을 모든 사람이 다 안다. 그런데 많은 청년들이 공부하지 않고도 성공할 수 있을 것으로 생각한다. 공부와 성공은 직결되어 있다. 공부와 성공이 상관없다고 생각하는 것은 심각한 착각이고 미신이다. 나의 경험으로 보건데 어떤 분야이든 공부하지 않은 사람은 거의 실패한다.

무엇을 공부해야 할지는 스스로 결정하라. 돈을 벌기 바란다면 돈 벌 공부를, 존경받기를 바란다면 존경받을 공부를, 경찰이 되고 싶으면 경찰이 될 수 있는 공부를 해야 한다. 공부 못하는 사람이 운동만 잘해서 성공했다고? 그들은 공부하는 것보다 더 힘들게 운동을 했기 때문에 성공했다. 몸으로 공부를 한 것이다.

역도 선수가 가지고 있는 힘을 쓰는 요령은 막노동을 30년 정도 한 사람과 같다. 그래서 그는 그 힘으로 성공의 기회를 얻을 수 있는 것이다. 그 정도로 힘을 기를 자신이 없다면 공부하라. 그것이 보통 사람들에게는 가장 쉬운 성공의 길이다.

지금 당신이 살아가고 있는 이 사회에서 무시당하고 우습게 여김받는 사람들이 있다면 공부하지 않는 당신의 미래 모습이 바로 그런 모습이라는 것을 명심하라.

공부하지 않으려고 핑계를 만들어내지 말라. 아프지도 말고 바쁘지도 말라. 공부를 핑계로 먹고 마시고 노는 일을 하지 말라. 공부에 미친 놈이라고 친구들이 당신을 왕따시켜도 조금도 개의치 말라. 공부에 미친 청년은 공부를 마친 후에 정상으로 살아가게 되지만 공부 아닌 일에 미친 청년은 공부를 마친 후의 오랜 시기를 미치도록 힘든 상황 속에서 살아남기 위해 발버둥을 치며 살아가게 될 것이다.

내가 청년 때에 좀 더 공부했더라면 나는 지금 이렇게 살고 있지 않을 것이다. 나는 내 인생에서 공부 이외에 후회하는 것은 없다. 내가 태어난 시대와 나의 인생 환경도 내가 만든 것이 아니기에 원망하지 않는다. 다만 젊었을 때 좀 더 열심히 공부하지 않은 것 하나만은 뼈에 사무치도록 후회가 된다.

나는 이 시대의 보통 서민 가정 출신이다. 남들이 밥을 먹지 못할 때

나도 먹지 못했고, 남들이 놀러 다니지 못할 때 나도 놀러 다닐 수 없었다. 대부분의 사람들이 힘들어할 때는 나 역시 힘들었고, 그들이 즐거울 때는 나도 즐거웠다. 그리고 지금도 역시 그렇게 서민으로 살아가고 있다.

그런 내가 젊었을 때 더 공부에 빠져들지 못한 것을 가슴 아파하며 살고 있다면 이 책을 읽고 있는 그대도 역시 나와 같을 것이라고 생각한다. 청춘이여! 평생 후회 없는 삶을 살고 싶다면 공부하라. 연애도 사랑도 잠시 뒤로 미루고 공부하라. 분명 공부한 만큼, 아니 그 이상 열 배, 백 배의 결실을 얻게 될 것이다.

단원 5

최선을 다하고
최악에 대비하라

041

간절한 심정으로
살라

　사람의 정신력은 간절한 순간에 확장된다. 무언가를 반드시 해야 한다고 생각하면 대부분 생각대로 이루어낸다. 하지만 해야 할 이유가 없는 일에 대한 성취도는 보편적이고 평균적으로 나타난다.

　그러므로 무슨 일이든 시작하기 전에 반드시 점검해보아야 할 것은 그 일에 대한 간절함이 어느 정도인지를 확인하는 것이다. 기대하는 것도 없고 해야 할 마음이 별로 없지만 마땅히 할 일이 없어서 하는 정도라면 그 일은 시간만 낭비하는 일이 되기 십상이다.

　잠수함에서는 어뢰를 발사하는 훈련을 한다. 실제 어뢰의 값은 상상할 수 없을 정도의 고가이기 때문에 평상시 훈련에서는 연습용 어뢰가 사용된다. 모든 발사의 과정이 실제와 같지만 폭발하지 않고 목표물을 맞히기만 하는 기능을 가지고 있다. 즉, 뇌관과 화약고가 비어 있는 껍데기 어뢰라고 할 수 있다.

하지만 그 껍데기 어뢰의 가격도 그리 만만한 것은 아니기 때문에 훈련이 끝나면 병사들은 목표지점에서 자신들이 발사한 어뢰를 다시 찾아와야 한다. 연습용 어뢰의 회수도가 낮으면 명중도가 떨어지는 훈련을 했다는 것으로 인식되기 때문에 포술 장교는 상사로부터 문책을 당하게 된다.

표적을 맞히지 못한 연습용 어뢰가 다행히 표적 근처에 떨어져 있으면 잠수요원들을 통해 회수할 수 있다. 하지만 표적을 지나 다른 각도로 빗나간 어뢰는 대부분 영원히 찾을 수 없는 실종어뢰가 된다.

포술 장교가 연습 사격을 시작할 때마다 어뢰수들에게 표적에만 집중하라고 교육을 시켰지만 병사들은 늘 주변 상황에 더 신경을 쓰는 습관을 버리지 못했다. 장교는 한 발 한 발 발사될 때마다 발사되는 어뢰에 신경을 쓰라고 고함을 치지만 병사들의 집중력은 좋아지지 않았다. 도리어 긴박한 주변 상황에 더 신경을 쓰는 모습들이 눈에 띄었다. 발사에 집중하지 못한 병사들로 인해 결국 포술 장교와 그의 병사들이 훈련용 어뢰를 가장 많이 잃어버린 팀으로 낙인찍히고 말았다.

화가 머리 끝까지 오른 장교는 마지막 훈련을 앞두고 병사들의 외출 상륙증을 모두 수거해서 발사될 연습용 어뢰들 속에 넣고 봉해버렸다. 자신들의 눈앞에서 외출증이 어뢰 포탄에 들어가는 장면을 목격한 이후 병사들의 집중도는 상상할 수 없을 정도로 상승되었다. 그 후로 병사들은 연습용 어뢰를 단 한 발도 잃어버리지 않았다.

포술 장교는 병사들이 집중하지 못하는 이유가 어뢰를 다시 찾아야 한다는 간절함이 없기 때문이라고 생각하였다. 그리고 어린 병사들에게 연습용 어뢰를 반드시 찾아야 한다는 간절함을 심어주는 방법으로 그들의 외출증을 사용하였다.

훈련을 마치면 해안에 상륙해서 외박을 할 수 있다는 생각으로 가득 찬 병사들에게 자신들이 발사한 어뢰를 다시 찾지 못하면 더 이상의 외출은 없다는 것을 분명히 보여주자 그들은 어뢰가 아닌 자신들의 외출증을 찾기 위해 주변 상황이 아닌 어뢰에 집중하게 되었다. 얼마나 간절한 마음으로 발사되는 어뢰에 집중하였을까? 그 후로 단 한 발도 실수하지 않은 것을 보면 그들의 집중력은 한순간에 거의 완벽한 수준에 이르렀다고 보인다.

집중력은 간절함에서 나온다. "집중력", "집중력의 탄생", "집중력 100배 늘이기", "집중력 다지기 한판승" 등 집중력을 향상시키기 위한 책들이 시중에 수십 가지가 나와 있다. 나름대로 과학적인 근거를 나열하고 있고, 다양한 방법과 비결들을 알려주고 있다. 그 책들의 결론은 '어떻게 집중력을 향상시킬 수 있는가?'이다.

현대의 젊은이들은 삶에 대해서 이전 세대보다 집중력이 부족하다. 게임과 통신에서는 대단한 집중력을 보이지만 일과 삶과 인생에서 집중하는 능력은 많이 부족하다. 하지만 삶에 대한 부모 세대의 집중력은 불가사의할 정도로 대단하다. 부모 세대는 어떻게 그런 집중력을 발휘할 수 있었을까? 그 이유는 삶에 대한 간절함이었다. 자녀와 가족에 대한 책임감, 남들만큼 살게 해야 한다는 간절함으로 인해 배우지도 않은 집중력을 발휘하며 살아온 것이다.

간절함을 가진 사람은 눈빛만 봐도 알 수 있다. 다급하게 화장실을 찾는 사람의 눈빛을 보면 자신의 관리지역으로 사람을 들여놓기 싫어하는 경비원들도 선뜻 문을 열고 다급한 사람의 부탁을 들어준다. 체면을 따지고 자존심을 내세우는 것은 아직 간절한 상황이 아니라는 것을 의미한다.

정말 간절한 사람에게는 아무 것도 보이지 않는다. 상처 입고, 갈등하고, 오해받은 것을 억울해할 여유도 없다. 간절한 사람에게는 불평하고 앉아 있을 시간도 없다. 당장 일어나야 하고, 찾아내야 하고, 만나야 하고, 시작해야 하고, 부탁도 해야 한다. 땀 흘리는 것, 고생하는 것은 그에게 아무런 문제가 되지 않는다. 만일 당신이 그런 것들이 걱정되어서 망설이고 있다면 아직 당신은 간절한 상황이 아니다.

병사들이 자신들의 외출증이 들어 있는 어뢰에 온 신경을 쓰듯 만나는 사람 하나하나에, 주어진 모든 업무에, 살아갈 모든 날들에 대한 간절함을 가질 수 있다면 아마도 시도하는 모든 일이 멋진 결실을 맺게 될 것이다.

바르게 살기 위해, 잘살기 위해, 성공하기 위해, 친구를 사귀기 위해, 업무를 해결하기 위해, 문제와 갈등과 오해를 풀기 위해 간절한 마음을 가져라. 우리의 삶에서 간절하지 않아도 될 일은 거의 없다.

042

먹는 것보다
사는 것에 매달려라

학업을 위해 멀리 떨어져 사는 자녀를 가진 부모는 멀리 있는 자녀가 잘 살고 있는지를 목소리만 들어도 짐작할 수 있다. 그리고 한 번만 방문해보면 어떻게 사는지를 단번에 알 수 있다. 잘 지내고 있다는 생각이 들면 넉넉한 용돈을 보내지만 엉뚱한 짓을 하고 있다는 느낌이 들면 용돈을 거의 보내지 않는다.

작은 마을에 있는 단과대학 옆에 음식과 술을 함께 파는 카페가 있었고, 카페 건너편에는 교회가 마주보고 있었다. 대부분의 학생들은 매일 술집을 찾지만 교회는 거의 찾지 않는다. 식사를 하러 간다는 핑계로 카페를 들어가는 대부분의 학생들은 식사를 마치기에 충분한 시간이 지나도 카페를 나오지 않는다. 그곳에 들어가는 학생들이 음식보다 술을 즐겨 먹는다는 것은 모두가 알고 있는 비밀 아닌 비밀이었다.

어버이날 행사가 있는 주말에 학생들이 부모님과 함께 카페보다는 교회를 찾아갈 것이라는 생각에 매상이 떨어질 것을 염려한 카페 주인이 학교 신문에 광고를 냈다.

"이번 주말에는 부모님과 함께 카페에서 식사하세요! 당신을 처음 온 사람처럼 전혀 모르는 척하겠습니다."

카페의 광고가 나간 다음 날 이례적으로 교회에서도 학교 신문에 광고를 내보냈다.

"이번 주일에는 부모님과 함께 교회를 방문하세요! 당신을 매주 참석하는 잘 아는 사람처럼 대하겠습니다."

학생들이 주말에 부모님과 함께 어느 곳으로 더 많이 갔을지는 알 수 없다. 하지만 분명한 것 한 가지는 자녀들이 술을 파는 카페보다 교회를 더 자주 가기를 바라는 것이 부모의 마음이라는 것이다.

청춘의 때에 술 마시기 위해 쓰는 시간과 힘과 열정을 바른 삶을 위해 사용한다면 많은 청춘들의 인생에 커다란 긍정적인 변화가 있을 것이다. 술을 먹어서 망한 사람은 많아도 설교를 많이 들어서 망한 사람은 없다. 술은 먹고 놀기 위한 방편이고 설교는 바르게 살기 위한 방편이기 때문이다.

술은 술술 넘어간다. 하지만 설교는 탁탁 막힌다. 왜 그럴까? 술은 인생을 아래로 끌어당기는 것이고 설교는 위로 밀어올리는 것이기 때문이다. 아래로 내려가는 것은 가만히 있어도 저절로 미끄러지지만 위로 올라가는 것은 힘을 쓰고 애를 써야 한다.

청춘의 시기에는 넘치는 힘으로 한 발짝이라도 위로 올라가야 하는데 많은 젊은이들이 가만히 서서 아래로 미끄러지고 있다. 심지어 아래로 달려 내려가는 청춘도 있다. 그렇게 내려간 길을 어떻게 오르려고 하는지?

청춘은 잘 먹기 위해 애쓰는 만큼, 아니 그것과는 비교할 수 없을 만큼 잘 살기 위해 힘을 써야 할 시기이다. 사람들은 좋은 음식을 먹기 위해 많은 공을 들인다. 몸에 좋다는 말을 들으면 까마귀도 서슴지 않고 잡아먹는다. 별미를 찾아 전국을 순회하고, 새로운 맛을 찾아 연구하고 또 연구한다. 더 맛있는 것, 더 고소한 것, 더 달콤한 것을 만들기 위해 전 세계가 경쟁하고 있다.

그런데 잘 살기 위해서는 별다른 노력을 하지 않는다. 그 결과 현대인들의 평균 몸무게는 올라갔지만 삶의 수준은 많이 떨어졌다. 잘 먹고, 잘 입고, 맛있는 것 먹고, 좋은 것 먹고, 생소한 것을 먹으려는 삶은 끝없는 방황과 비만과 성인병과 갈등에 시달리게 되었다. 먹는 것에 매달린 삶은 더 잘 먹는 사람을 보면 속상하고 화가 난다. 음식은 적당히 먹고, 사는 것에 심혈을 기울여야 한다.

어떻게 살지, 무엇을 할지, 더 잘 사는 것을 위해, 사람답게 사는 것을 위해 매달리면 먹는 것과는 비교할 수 없을 만큼 수준 높은 삶을 살 수 있게 된다. 청춘이여, 더 잘 먹는 것을 위해 젊음을 투자하지 말라. 대신 더 잘 살 수 있는 것을 위해 젊음을 사용하라. 먹는 것은 기쁨을 준다. 먹는 유혹은 말할 수 없이 크다. 그러나 먹는 것을 초월하면 성자가 될 수 있다.

아무 거나 먹고 잘 살아라. 많은 사람들이 술과 담배, 과음과 폭식, 시식으로 몸과 인생을 망치고 있다. 옛 사람들은 공짜라면 양잿물도 마신다고 했다. 그러고는 피를 토하고 죽었다. 청춘이여, 잘 사는 것을 위해 그대의 모든 시간을 투자하라. 잘 먹어서 남는 건 성인병과 교만한 입맛과 갚기 힘든 영수증뿐이다.

먹는 것보다 사는 것에 매달려라

무엇을 먹는가는 작은 문제다.

아무 거나 먹되 아무렇게나 살지는 말라.

적당히 먹되 적당히 살지는 말라.

가치 있게, 거룩하게, 존경받게 살아야 한다.

나를 위해 살면 남이 싫어한다.

남을 위해 살면 내가 불편하다.

내가 불편하게 사는 것은 남을 위해 사는 것이다.

내가 더 먹으면 남이 못 먹는다.

못 먹은 사람은 더 먹은 사람을 원망한다.

하나 덜 먹고, 조금만 먹고, 원망 안 듣게 살라.

내가 좀 불편해도 남을 편하게 하라.

먹는 데 매달리지 말고 사는 데 매달려라.

청춘에게 좌우명이 될 만한 유명한 성경 한 구절을 소개한다. 신약성경의 첫 책인 마태복음 6장에 기록된 내용이다. 먹는 것과 마시는 것과 입는 것 같은 물리적인 것에 마음을 두지 말고 의로운 것, 정신적인 것, 내적인 것에 마음을 두고 살아야 한다는 말씀이다.

"그러므로 염려하여 이르기를 무엇을 먹을까 무엇을 마실까 무엇을 입을까 하지 말라…… 너희는 먼저 그의 나라와 그의 의를 구하라 그리하면 이 모든 것을 너희에게 더하시리라." 마태복음 6장 31-33

043 허풍 떨지 말라

　청춘이여, 허세를 부리지 말라. 허세를 부리다 망한 사람이 한둘이 아니다. 부도난 기업은 거품 장사를 했기 때문이고, 친구들 사이에서 신용을 상실한 사람은 허풍을 떨었기 때문이다. 없으면 없이 사는 법을 배우고, 있어도 낭비하며 살지는 말라. 있으면 나누는 법을 배우고, 없으면 안 쓰고 사는 법을 연습하라. 없는 사람이 있는 척하면 안 써야 할 비용을 쓰게 되고, 행동은 부자연스럽게 되고, 조금 지나서 주위 사람들은 그를 부담스러운 사람으로 인식하게 된다.

　없는 것은 부끄러운 것이 아니다. 오히려 있는 척하는 것이 부끄러운 것이고, 모든 것을 가진 사람이 더 부끄러운 사람이다. 어떻게 한 사람이 모든 것을 다 가질 수 있는가? 하고 싶은 것을 다 할 수 있는가? 그는 나누어야 할 것을 나누지 않고 있는 사람이다. 부족한 것이 없는 것은 결코 자랑할 내용이 아니다. 그는 자랑하는 대상에게 주어야 할 것을 나누지 않고 혼자 소유하고 있는 사람이다. 자랑하기 전에 나누지 못한 욕심과 베풀지 못하는 작은 마음을 부끄러워해야 한다.

부족함에 시달리는 사람들이 있는 이유는 너무 많은 것을 가진 사람들이 있기 때문이다. 천연 자원이 무한하지 않은 것처럼 사람이 소유할 수 있는 물질들도 무한하지 않다. 각 시대의 땅은 그 시대 사람들에게 필요한 정도의 물질을 생산한다. 그런데 그 한정된 자원을 골고루 나누지 못함으로 인해 부족한 사람들이 생겨나게 된다.

많이 가진 사람들이 벌어들인 소득은 정말 그들의 능력에 의한 것일까? 한 개인의 능력이 과연 수천 억, 수십조 원을 벌어들일 만큼 대단할 수 있을까? 아니다. 사람의 능력은 그렇게 많은 것을 벌어들일 수 없고 관리할 수도 없다. 호수에 고인 물이 무너진 둑으로 쏟아지듯이 어쩌다 열린 통로로 돈이 흐르게 되었을 뿐이다.

"큰 부자는 하늘이 낸다."

오래된 속담이다. 이미 오래전 사람들도 정도 이상의 부자는 인간의 노력으로 되는 것이 아님을 알고 있었다. 자동차에 가속도가 붙으면 방향이나 속도가 운전자의 마음대로 조절되지 않는 것처럼 재물도 가속도가 붙으면 주인이 조절할 수 없을 정도로 모이거나 흘러나간다. 재벌이 되고 싶어서 되는 것이 아니고, 망하고 싶어서 망하는 것이 아니다. 그의 주위 환경에 의해, 시대의 흐름과 본인의 노력과 상황의 전개가 딱 맞아떨어져서, 어쩌다 된 것이다.

허세를 부리고, 허풍떠는 것을 체면을 유지하기 위한 처세 방법이라고 생각하는 사람들이 있다. 글쎄? 과연 그런 처세법이 얼마나 도움이 될지 의문이다. 없는 것을 소문낼 필요는 없겠지만 있는 것처럼 큰 소리칠 필요도 없다.

없는 사람이 있는 척하는 것은 삶의 외형을 키우는 것과 같다. 외형이 커지면 유지를 위한 관리비가 많이 들게 되고, 수입보다 관리 비용이 많아질 때 삶의 균형은 깨지기 시작한다. 균형을 잃으면 넘어지는 것은 시간 문제다.

대부분의 청춘이 넘어지는 장소는 부모님 앞이다. 그러면 부모님은 안쓰러운 마음에 아무 것도 바라는 것 없이 청춘의 균형을 잡아서 다시 정상궤도에 올려놓는다. 그러면 청춘은 또 다시 넘어진다. 그런 부모가 있다는 것에 감사하라. 불행하게도 그렇게 마음놓고 넘어질 부모가 없는 안타까운 청춘들도 있다. 청춘의 깨진 균형을 다시 잡아줄 대상이 없는 사람들 중에는 넘어진 채로 다시는 일어서지 못하는 경우도 있고, 계속 바닥을 굴러다녀야 하는 경우도 있다.

청춘이 넘어지는 대부분의 이유는 실속 없는 삶을 살기 때문이다. 남들이 먹는 것 다 먹으려 하고, 남들이 가진 것 다 가지려 하고, 남이 하는 것을 다 하려 하기 때문이다. 그런다고 남이 될 수도 없는데 힘과 재물과 시간과 열정을 허무하게 낭비해버린다.

왜 그렇게 남이 되려 하는가? 과연 남처럼 되면 행복한 인생이 될 수 있을까? 어린 아이들은 자신의 인생을 인식하지 못하기에 자신의 존재감을 남을 모방하는 것을 통해 인식한다. 생각하는 능력이 부족한 아이들은 자신의 삶은 없고 남의 인생을 따라가는 그림자가 되려 한다.

스무 살이 된 청춘이여! 그대는 어린 아이처럼 남을 흉내 내는 수준에 머물러 있지는 않은가? 청춘이 되어서도 남 같은 인생이 되려는 것은 구름 위에 집을 지으려는 것과 같다. 지을 수도 없고, 지었다고 해도 그것은 상상 속의 집일 뿐이다. 남을 흉내 내는 것은 아무 실속 없는 허무한 인생살이밖에 되지 않을 것이다.

허풍 떠는 것, 요즘 말로 뻥이 센 사람은 아직 자신의 존재감을 확립하지 못한 사람이다. 그는 남의 말과 남의 소유와 남의 행동을 동경하는 눈을 돌려서 자신을 바라보아야 한다. 남의 인생을 부러워하기 전에 자신의 삶이 어떤 위치에 있는지, 허풍을 떠는 이유가 무엇인지, 자신이 진정으로 원하는 것은 무엇인지를 깊이 생각해보아야 한다. 그리고 자신의 존재 근거를 남들에게서 찾지 말고 자기 자신에게서 찾기 위해 자기 내면을 샅샅이 살펴보아야 한다.

044 가만 있으면 건달이 되고
노력하면 신사가 된다

청춘이여! 그대는 어떤 사람이 되려 하는가?

물리적인 환경이나 소유한 물건들에 의해 만들어지는 외면적 분위기가 아닌 인격과 성품에 대한 그대의 소망을 듣고 싶다. 더 나은 것, 더 좋은 것, 더 빠른 것만을 추구하는 시대의 청춘들이 내적인 소망을 가지고 있을까, 하는 의문이 들기도 한다. 너무 많은 사람들이 물리적인 비전과 소망을 이야기하고 있다. 존경받는 사람이 되는 것은 교육적 이슈에서도 외면당하고 있다. 심지어 초등학생들에게까지 성공하는 비결들이 강조되고 있다.

성적 올리는 법, 시험 잘보는 법, 이기는 법, 100점 받는 법, 천재로 키우는 법, 상위권 학교에 진학하는 스펙을 쌓는 법 등, 물리적 성공을 위한 교육이 순수한 인문적 교육을 가장 필요로 하는 어린이 교육의 중심을 장악하고 있다.

바른 사람이 되는 것보다 실력 있는 사람이 되라고 한다. 물론 실력 있는 사람이 되어야 한다. 그러나 세상의 모든 사람이 실력 있는 사람이 될 수는 없다. 누군가는 더 나을 수밖에 없기 때문이다. 하지만 착한 사람, 바른 사람이 되는 것은 반드시 되어야만 한다. 한 사람이라도 나쁜 사람이 되어서는 안 된다. 그 한 사람이 수많은 사람을 위태롭게 할 수 있기 때문이다.

모든 교육의 최우선순위는 사람됨에 관한 것이어야 한다. 그 위에 실력과 능력, 스펙을 쌓아야 한다. 그러나 현실적인 교육 환경은 성공에 대한 지나친 강조로 인해 먼저 잘되고 보자는 식이 되고 있다.

사람은 잘살 수도, 못살 수도 있다. 성공할 수도, 아닐 수도 있다. 어떤 상황에 처하든 삶은 계속될 것이다. 그러나 어떤 사람이라도 결코 욕먹으며 살아서는 안 된다. 그런데 지금 사회는 욕먹을 짓을 해서라도 잘살기만 하면 괜찮을 것 같은 분위기가 만들어지고 있다.

신분과 지위가 주는 권력으로 제자들을 폭행하고 협박하는 나쁜 교수가 될 것인가? 아니면 학생들에게 존경받는 좋은 선생님이 될 것인가? 어떤 사람도 나쁜 교수가 되겠다고 대답하지는 않을 것이다. 당연히 존경받는 선생님이 되는 것을 정답이라고 생각한다. 하지만 현실적으로는 정답보다 틀린 답을 따라가는 사람들이 더 많아 보인다.

이 글을 읽고 있는 당신은 과연 정답을 따라 살고 있는가? 옳다고 생각하는 것을 실천하고 있는가? 아니면 아는 것으로 만족하고 있는가?

많은 사람들이 아는 것을 실천하고 있다고 착각하고 있다. 아는 것과 사는 것은 다르다. 자신의 말과 행동을 제3자의 입장에서 다시 볼 수 있다면 우리는 스스로가 얼마나 모순된 삶을 살고 있는지를 발견하게 될 것이다.

싸우고 있는 사람에게 물어보라! 싸우는 것이 잘하는 일인지? 지금 싸우고 있는 사람도 싸우는 것은 나쁜 일이라고 말할 것이다. 그러면서도 자신의 싸움을 멈출 수 없는 것이 당면한 현실이다. 남의 것을 훔치는 사람, 빼앗는 사람, 시비를 거는 사람, 속이는 사람들도 그런 일이 나쁘다는 것을 알고 있다. 그러나 아는 것을 실행하지는 않는다.

왜 그럴까? 왜 우리는 아는 대로 살지 못하는 것일까? 사는 능력이 부족하기 때문이다. 그 이유는 연습을 하지 않았기 때문이다. 운동선수가 충분히 연습을 하지 않으면 실력을 발휘할 수 없듯이 바르게 사는 연습을 충분히 하지 않은 사람은 자신의 생각을 행동으로 나타낼 수 없게 된다. 그러고는 남을 가르치려고만 한다. 체력이 떨어진 선수가 은퇴하면 다른 선수들을 가르치는 감독이나 코치가 되는 것은 당연하다. 그런데 충분히 연습해서 실력을 쌓지 않아 실행 능력이 부족한 사람들도 자신이 하지 못하는 일을 남을 통해 이루려 한다.

많은 사람이 신사답지 못한 이유는 신사다운 행동이 저절로 되지 않기 때문이다. 신사는 저절로 되지 않는다. 신사다운 말과 행동과 자세를 배워야 신사가 될 수 있다. 예의 바른 사람이 되는 것은 버릇없는 사람이 되는 것보다 어렵다. 버릇없는 사람은 아무 것도 배우지 않으면 자동적으로 된다. 하지만 예의 바른 사람은 예의를 배우고 많이 연습해야 겨우 될 수 있다.

사람은 본능적으로 신사를 존중하고 건달을 무시한다. 모든 사람을 동일하게 대접해야 한다는 것을 알지만 그것 또한 마음대로 되지 않는다. 마더 테레사 같은 사람은 모든 인간을 동등하게 대할 큰 마음을 가졌기에 건달도 신사 대접을 할 수 있었을 것이다. 그러나 우리 주위에 있는 모든 사람에게 그 정도 수준을 기대할 수는 없다. 대부분의 사람들은 신사와 건달을 본능적으로 구분한다. 그리고 우리 모두는 그런 보통 사람들 사이에서 살아가야 하는 상황이다. 그렇다면 사람들 사이에서 존중받는 비결은 내가 신사가 되는 길밖에 없다.

신사는 저절로 되지 않는다. 연습에 연습을 더해야 겨우 될 수 있다. 건달은 저절로 되고 망나니는 누구나 될 수 있다. 아무 것도 안 하고, 본능대로 감정을 표출하고, 타고난 성질을 조절하지 않으면 누구라도 천박한 사람이 된다. 그리고 무시당하고 외면당하는 삶을 살게 된다.

신사답게 행동하면 신사로 대접받을 수 있다. 건달 행세를 하면 건달로 취급받는다. 그런데 어떤 사람들은 건달처럼 행동하면서 신사다운 대접을 받으려 한다. 무시당할 짓을 하면 무시당하고 대접받을 행동을 하면 대접받는다. 지금 우리가 사는 세상은 혼란하고 비신사적인 면이 있기는 하다. 그런 세상 속에서도 신사는 건달보다 대접받을 수 있다.

건달은 화나는 상황에서는 당연히 화를 낸다. 하지만 신사는 화를 낼 상황에서도 화를 내지 않는다. 신사가 된다는 것은 참기 힘든 상황을 잘 참아내는 사람이다. 청춘이여, 건달 짓을 하면서 신사 대접을 기대하지 말라. 그대가 어떻게 대접받는가는 그대가 어떻게 행동하는가에 달렸다. 어떤 상황에서도 신사가 되라. 특히 신사다울 수 없는 상황에서 더욱 신사가 되라.

O45 오락과 게임에
빠지지 말라

　1등이 되고 싶은 사람이 공부를 하지 않는다. 남보다 더 잘살고 싶은 사람이 남보다 더 노력하지도, 일을 많이 하지도 않는다. 부자가 되고 싶은 사람이 돈을 벌 일은 하지 않고 편한 일만 찾아다닌다. 많은 사람에게 사랑받기를 원하는 사람이 미움받을 짓을 하고, 성공하고 싶은 사람이 성공할 수 없는 일에 빠져 산다.

　많은 청춘들이 목표와 정반대로 가고 있다. 원하는 일을 스스로 방해하고 있다. 꿈을 따르지 않고 있다. 비전을 피해 가고 있다. 해야 할 일을 안 하고 있다. 쓸데없는 일을 하며 쓸 만한 사람이 될 거라고 생각하고 있다. 쓸데없는 일을 하면 쓸모없는 사람이 된다. 수많은 청춘들을 쓸데없는 일에 빠뜨리는 게임에 대한 이야기이다.

　예전에 할 일이 없던 아이들이 즐기던 게임은 이제 산업이 되었다.

게임에 빠져 사는 아이들과 청춘들에게 게임이 산업이라는 말은 대단한 핑곗거리가 되었다. 게임업계 사람들에게는 미안한 말이지만 게임이 산업이라는 말은 게임으로 돈을 벌어들이는 사람들에게만 적용되는 말이다. 게임으로 밤을 새우는 청춘들과 청소년들과 어린 아이들과 그들을 말리는 부모와 가족들에게 게임은 산업이 아니다. 시간과 힘과 돈을 낭비하게 만들고 갈등과 문제를 일으키는, 천하에 쓸모없는 오락거리일 뿐이다.

필자의 이런 말에 동의할 수 없는 청춘들이 있을 것이다. 얼굴을 맞대고 따지고 싶은 사람이 있을 수도 있고, 게임의 장점을 들어 변호하고 싶은 사람도 있을 것이다. 그렇다면 그대는 쓸모없이 시간을 낭비하며 사는 청춘일 수 있다.

사람의 생각은 모두 다르기에 게임을 스트레스를 풀고, 친구와의 우정을 돈독히 하고, 여가를 즐기는 유익한 도구라고 정의하는 사람도 있다. 필자의 주위엔 게임을 하다 만나서 결혼한 부부가 있다. 그들의 결혼식 주례를 필자가 서주기도 했다. 지금 그 부부는 두 아이의 부모가 되어서 행복한 가정을 꾸려가고 있다.

그들은 게임에 대한 반감이 전혀 없는 사람들이었다. 하지만 지금 그 부부는 게임을 하지 않는다. 대신 초등학교에 입학한 첫째 아이를 게임에서 건져낼 방법을 모색하고 있다. 게임으로 만나서 결혼한 부부도 자신들의 아이는 게임을 하지 않기를 바라고 있다. 교육에 도움이 된다는 어린이용 게임기를 사준 이후부터 아이는 밥 먹는 시간을 지키지 않고, 친구를 사귀지도 않고, 선생님의 말씀에 귀를 기울이지 않고, 할아버지

할머니가 찾아와도 얼굴을 들어 인사를 하지 않는다. 머리가 좋아진다는 광고를 믿고 사준 게임기가 아이를 얼마나 똑똑하게 했는지는 알 수 없지만 인간관계와 생활 리듬을 깨뜨리는 것을 발견하고는 말릴 방법을 찾고 있는 중이다.

청춘이여! 시간이 남는다고 게임을 시작하지 말고, 심심하다고 오락에 빠지지 말라. 시간이 남으면 천천히 다음 일을 준비하라. 청춘에게 시간이 남는다는 것은 뭔가 큰 문제가 있는 것이다. 어떻게 시간이 남을 수 있는가? 배울 것이 얼마나 많고, 읽을 것과 알아야 할 것이 얼마나 많은데, 시간이 남는다니?

한심한 청춘 중에 가장 한심한 청춘은 시간 죽이기에 빠진 사람이다. 시간은 최대한 살려야 한다. 한순간이라도 놓치지 않기 위해 공을 들여도 부족한 게 시간이다. 시간을 벌기 위해 병이 될 만큼 매달릴 필요는 없겠지만 무엇이든 할 수 있는 살아 있는 시간을 죽이는 일에 빠져서야 되겠는가?

심심하다는 것은 청춘에겐 죄악이다. 심심할 틈이 있다는 것은 꿈이 없다는 것의 단적인 증거이다. 다음은 누군가 시간의 소중함을 설명하기 위해 인터넷에 올린 글이다.

- 1년의 소중함을 알려면 입학시험에서 떨어진 학생에게 물어보라.
- 한 달의 소중함을 알려면 미숙아의 어머니에게 물어보라.
- 하루의 소중함을 알려면 날품팔이 노동자에게 물어보라.

- 1분의 소중함을 알려면 기차를 놓친 사람에게 물어보라.
- 1초의 소중함을 알려면 사고에서 살아난 사람에게 물어보라.
- 1000분의 1초의 소중함을 알려면 육상경기에서 은메달을 받은 사람에게 물어보라.

지나간 시간은 죽은 시간이다. 할 수 있는 것이 아무 것도 없기 때문이다. 반면에 아직 사용하지 않은 시간은 살아 있는 시간이다. 무엇이든 할 수 있기 때문이다. 삶에서 가장 가치 있는 시간은 아직 남아 있는 시간이다. 오락과 게임은 살아 있는 시간을 죽이는 행위이다. 게임을 하기 위해 쓰는 시간만큼 책을 읽고 악기라도 배운다면 한국의 청춘들은 머지않아 만물박사가 되거나 일류 연주자가 되고도 남을 것이다.

046 아닐 때는
한 발 물러서라

　목수인 아버지와 가정부인 어머니 사이에서 똑똑하지 않은 아들이 태어났다. 착하지만 이해력은 다른 아이들보다 부족했다. 부모는 아들을 대학에 보내기 위해 적금을 들고 성실하게 학비를 모아나갔다. 어느 대학을 가야 할지를 결정하는 진로 상담 중에 아들은 대학 공부가 적당하지 않은 학생임이 드러났다. 아들을 꼭 대학에 보내고 싶어하는 부모의 마음을 이해는 하지만 아들의 지적인 능력은 대학 공부를 받아들이기 어려운 상황이라고 하였다.

　선생님의 안타까운 설명에 부모는 아들의 진로를 다시 생각하기로 했다. 졸업도 할 수 없는 대학에서 시간만 낭비하는 것보다는 차라리 적성에 맞는 일을 빨리 찾는 것이 본인을 위해서도 더 좋겠다고 생각하였다. 아들과 부모는 함께 눈물을 머금고 학업을 포기하고 아들에게 맞는 일을 찾기로 했다.

친구들이 대학에서 공부를 시작한 시기에 아들은 집에서 쉬면서 자신이 할 수 있는 일을 찾으러 다녔다. 부모님이 나가고 아무도 없는 집에서 시간을 보내고 있던 아들은 바쁜 부모님이 돌보지 않은 정원을 손질하고 싶은 생각이 들었다.

하루 종일 정원의 잔디를 깎고, 시든 나무를 자르고, 죽어가는 나무와 잡초를 뽑아서 다른 곳으로 치웠다. 저녁에 집에 돌아온 부모님은 완전히 달라진 자신들의 정원을 보고 깜짝 놀랐다. 정원사를 고용할 돈을 아끼기 위해 방치해둔 정원은 쓸모없는 잡초만 자라는 풀밭이었는데 아들의 손에 의해 아름다운 정원이 되어 있었다.

아들의 정원 공사를 동네 사람들에게 자랑하자, 사람들은 자신들의 정원도 손봐줄 수 있느냐고 물었다. 부모님은 어차피 집에서 소일하고 있는 아들에게 일거리를 만들어주면 좋을 것 같은 생각에 수고비만 주면 해주겠다고 대답하였다. 다음 날부터 아들은 동네 사람들의 정원으로 아침 일찍 출근하였다. 자신을 자랑스러워하는 부모님의 태도에 기쁨을 얻기도 했고, 정원을 가꾸는 일이 마음에 들었기 때문이다.

아들의 정원 가꾸는 일은 점점 더 많아졌고, 사람들에 의해 소문은 더 넓게 퍼져나갔다. 정원 가꾸기를 시작하면서 아들은 나무 다루는 요령을 터득하기 시작했다. 죽어가는 나무도 아들이 보살피면 다시 살아났고, 버려진 정원들이 아들의 손에 의해 생기가 넘쳐났다.

동네 사람들의 정원을 다 가꾼 후 아들은 마을 전체를 가꾸기 시작했다. 자신들의 집 앞까지 가꾸는 것을 발견한 동네 사람들은 자신의 집 앞을 가꾸는 데 들어가는 비용을 아들에게 주기 시작하였다. 그렇게 해서 아들은 먼지만 날리던 마을길을 꽃길로 만들었고 마을 전체를 아름다운 정원으로 만들었다.

마을 일을 마친 아들은 다음 일거리를 찾아 나섰다가 시청 뒤에 버려진 공터가 있는 것을 발견하였다. 공터에는 사람들이 내다 버린 쓰레기만 굴러다니고 있었다. 아들은 시청에 들어가서 버려진 공터를 자신이 정원으로 가꾸어보겠다고 제안했다. 비용을 청구하지도 않고 혼자서 일하겠다는 청년의 말에 담당직원은 알아서 하라고 하였다.

아들은 다음 날부터 시청 뒤의 공원을 청소하고 인근 산에서 작은 나무를 가져다 심기 시작하였다. 그렇게 매일 출근해서 버려진 땅을 가꾸던 아들의 모습을 우연히 지나던 시장이 발견하였다. 시장이 아들에게 다가가서 무얼 하느냐고 물어보았다. 아들은 자신이 생각하고 있는 정원의 모습을 시장에게 설명하였다. 그리고 며칠 후 시에서는 아들이 하는 일을 시정에 반영시켰고, 시 예산과 후원자를 모아서 아들의 공원 조성 일을 후원해주었다.

시청 뒤의 공원 조성을 마치는 날, 모든 시청 사람들과 부모님과 동네 사람들이 모여 한 청년의 노력으로 만들어진 아름다운 공원의 모습을 보며 축하 잔치를 열었다. 그리고 아들은 시청의 전적인 지원으로 조경회사를 세웠고, 그의 동창들은 대학 졸업 후 그의 회사에 입사하기 위해 이력서를 들고 그를 찾아왔다.

똑똑하지 않은 아들은 25년 후 캐나다 최고의 조경회사 사장이 되었다. 아들을 대학에 보내지 못한 부모님은 사람들을 만나면 자신들의 아들은 링컨보다 위대한 정원사라고 이야기한다. 부모님이 알고 있는 유명한 인물 중에 최고는 링컨이었기 때문이다.

부모는 아들이 공부를 잘해서 링컨 같은 인물이 되기를 소망했다. 아들도 어릴 때부터 부모님에 의해 자신은 공부를 잘해서 대학에 들어가고, 대학을 나온 후에는 좋은 직장에 취직해서 부모님의 뜻을 이루어드려야 한다고 생각했다. 하지만 아들은 공부를 잘할 수 없는 체질을 가지고 태어났다. 그에게 공부와 좋은 직장은 현실적으로 이룰 수 없는 꿈이었다.

남들이 성공한 길을 따라가면 비슷한 결과를 얻을 수 있다. 하지만 아닐 수도 있다. 남들이 간 길을 따라갈 수 없는 상황에 놓일 수도 있다. 그 아닐 수도 있는 상황에서는 새로운 길을 찾아야 한다. 가능한 빨리 찾는 것이 좋다. 아닌 것을 붙들고 매달리면 다른 길을 찾을 수 있는 기회는 점점 줄어든다.

아닌 것은 빨리 포기하라. 포기하는 것도 큰 용기 중 하나다. 빨리 포기하지 못해서 새로운 기회를 놓치는 사람들도 많이 있다. 다만 이 말이 조심스러운 이유는 인내와 끈기의 부족함을 아닌 것으로 착각해서 너무 쉽게 포기하고, 또 포기하고, 나중에는 포기가 습관이 되지 않을까, 하는 염려 때문이다.

세상에 나서 살아가는 모든 청춘들의 간절한 소망이 다 이루어지면 좋겠다. 그러나 소망을 다 이룰 수 없는 것이 현실이다. 잘하고 싶지만 잘 안 되고, 이기고 싶지만 지고, 하고 싶지만 할 수 없고, 앞으로 가고 싶지만 갈 수 없을 때가 있다. 그때는 빨리 한 발 물러서야 할 때다.

인생의 내용은 학업으로만 만들어지는 것은 아니다. 청춘들에게 학업을 강조하는 이유는 비교적 학업이 인생의 내용을 채울 다양한 기회를 주기 때문이다. 하지만 학업을 계속할 수 없는 안타까운 위치에 있는 사람들도 있다. 그때는 학업이 아닌 직업을 찾아야 한다. 자신의 삶을 채울 수 있는 진정한 일, 잘할 수 있는 일, 사람들에게 칭찬 들을 수 있는 일을 찾는 과정은 학업과 마찬가지로 인생의 내용을 채우는 과정이다. 그리고 그렇게 찾은 일은 학업을 이룬 사람들에게 일을 나누어줄 수 있는 위치에도 서게 한다.

047

물질보다 영혼,
모양보다 내용

마지막 순간에는 물질을 추구하지 말라. 그 후의 삶은 물질 수준으로 추락하게 된다. 살면서 아끼고 절약하고 모아야 한다. 하지만 최종적인 순간, 물질과 영혼을 선택해야 하는 순간에는 영혼을 선택해야 한다.

뇌물과 양심 중에서 하나를 선택해야 할 때, 사람과 물건 중에서 하나를 선택해야 할 때는 더 가치 있는 것을 선택할 수 있어야 한다. 진정한 기쁨은 물질에서 오지 않고 영혼에서 오고, 참행복은 사물이 아닌 사람에게서 오기 때문이다.

그렇다고 수도사가 되거나 종교인이 되라는 것은 아니다. 살면서 중요한 결정의 순간에 외적인 것보다 내적인 것을 추구하라는 것이다. 모양이 좋으면 나쁠 것은 없다. 하지만 모양에 빠지면 내실을 기할 수 없다. 모양은 시간이 지나가면 바뀌고, 변하고, 달라진다.

모양은 향수가 증발하는 것처럼 서서히 하늘로 날아간다. 하지만 내용은 사막의 나무가 물을 찾아 뿌리를 내리듯 점점 더 깊이 뿌리를 내린다. 모양으로 사는 사람은 나이가 들수록 중고 자동차처럼 존재의 가치가 줄어들고, 내용으로 사는 사람은 세월이 흐를수록 골동품처럼 점점 귀한 대접을 받게 된다.

청춘은 모양의 시기이다. 그러나 그 모양은 오래 가지 않는다. 시간이 지나면 어떤 청춘이라도 중년이 되고 노년이 된다. 청춘의 시기가 10년이면 중년의 시기는 20년이고 노년의 시기는 30년이다. 청춘 10년은 모양으로 살 수 있다. 그러나 그 후엔 모양이 아닌 내용이 있어야 살수 있다. 청춘 10년 동안 자신의 삶을 채울 내용을 마련해야 한다. 물질보다 영혼을 선택할 수 있는 능력을 길러야 한다. 그렇지 않으면 청춘의 화려한 존재감은 서서히 죽어갈 것이다.

사람은 영적인 존재이기 때문에 처음엔 모양을 보지만 시간이 지날수록 내용을 보게 된다. 어떤 측면에서는 학업도 모양이 된다. 공부한만큼 살지 못할 때가 학업이 모양이 되는 시기이다. 모양도 좋고 내용도 좋으면 더할나위없다. 그러나 하늘은 한 사람에게 전부를 허락하지 않는다. 언젠가는 둘 중에 하나를 선택해야 할 시기가 온다.

젊을 때는 모양을 추구하지만 젊은 세월이 흐르기 시작하면 내용을 갖추어야 한다. 청춘의 시기에는 누구나 좋은 모양을 가지고 있다. 그러나 시간이 흐를수록 모양의 힘과 능력은 사라지고 내용이 영향력을 발휘하기 시작한다. 그때 내용을 갖추지 못한 청춘은 주변으로 밀려나게 될 것이다. 사람들에 의해 밀려나는 것이 아니다. 내용을 갖지 못한 자기 스스로 자신을 변두리로 밀어낼 것이다. 모양 좋은 청춘의 시기에 내용 있는 삶을 위해 더 관심을 가져야 할 것들을 나열해본다.

외모보다 정신

말보다 행동

선물보다 마음

음식보다 책

물질보다 영혼

크기보다 가치

돈보다 사람

재미보다 의미

모양보다 내용

보이는 것보다 안 보이는 것

다 알고 있는 것들이다. 관심을 갖고 있는 것들이기도 하다. 하지만 배고플 때에야 밥을 찾는 것처럼 간절히 원하지는 않는 것들이다. 그래서 최후의 순간에는 항상 밀려나는 것들이고, 점잖게 밀어내기 위한 핑계를 만들어내는 것들이다.

지갑에 있는 돈이 언젠가는 빠져나가듯 물질은 언젠가는 사라질 것들이다. 그러나 영혼은 사라지지 않는다. 물질은 유한하고 영혼은 영원하다. 선물은 시간이 지나면 녹슬어서 가치를 상실하지만 마음은 시간이 지날수록 깊어진다.

물질은 형식이고 영혼은 내용이다. 형식은 날마다 변하지만 내용은 더 많아지고 채워진다. 인간이 간직해야 할 진정한 유산은 물질이 아니라 정신과 영혼이다. 죽을 때까지 간직해야 할 것은 금반지가 아니라 사랑이다. 그런데 어떤 사람들은 금반지 때문에 싸우다가 사랑을 버리기도 한다.

진정한 유산, 사라지지 않을 유산은 보이는 것이 아니라 보이지 않는 것들이다. 진정한 소유는 손가락에 끼고, 손목에 차고, 목에 걸고 다니는 것이 아니라 생각 속에 있다. 사람 안에 있는 것이 사람에게 진정한 행복을 주고, 사물의 가치와 의미를 결정한다.

048

오늘은
내일의 씨앗이다

힘든 일을 먼저 하라. 해야 할 일이라면 당장 하라. 내일이면 늦다. 그대의 마음은 반드시 바뀔 것이다. 지금 타오르는 그 불은 조금 지나면 꺼질 것이다. 사악한 욕망이 타오르면 아무 것도 하지 말고 조금만 기다려라. 곧 꺼질 것이다. 그러나 순수한 열정이 타오르면 그 불이 꺼지기 전에 시작하는 것이 좋다.

굳게 결심한 자신을 믿지 말라. 구체적인 실천 계획을 세우고 세운 대로 하나도 놓치지 말고 따라가라. 한두 번 놓쳐도 잘할 수 있을 거라고 생각 말라. 리듬을 한 번 놓치면 다시는 회복할 수 없다. 쉽게 회복될 것이라는 생각은 결심을 무너지게 하는 망상이다.

조금씩 성실하게 꾸준히 하지 않으면 아무 것도 이루지 못한다. 시간이 지나면 결심했던 마음은 흔적도 없이 마법처럼 사라질 것이다. 해야

겠다는 마음이 들었을 때 시작하라. 그리고 빠져나갈 길은 만들지 말라. 하지 않으면 지나갈 수 없다는 생각으로 끝장을 보라.

아무 것도 미루지 말라. 내일 잘할 생각은 꿈에도 하지 말라. 오늘 당장 잘해야 한다. 내일은 잘할 기회조차 오지 않을 것이다. 지금 할 수 있는 일을 하지 않으면서 더 좋은 찬스가 올 것이라고 기대하지 말라. 지금 하지 않으면 다시는 지금 같은 기회가 오지 않을 것이다.

둘 중에 하나를 해야 할 기로에 서 있다면 어려운 일을 먼저 하라. 쉬운 일은 어려운 일을 가로막는 장애물이다. 쉬운 일에 가로막히면 어려운 일은 할 수 없게 될 것이다. 늘 쉬운 일, 쉬운 문제만 찾아다닌 사람은 시간이 지날수록 쉬운 일도 어려워진다. 그리고 더 쉬운 것, 더 편한 것을 찾아 청춘에도 요양원을 소망하게 될 것이다.

지금은 이따의 예고이고
아침은 저녁의 시작이고
오늘은 내일의 씨앗이고
이달은 내달의 거름이고
올해는 내년의 재료이고
아이는 청년의 전편이고
청년은 장년의 바탕이고
장년은 노년의 연료이다.

지금, 아침에, 올해, 청춘에 할 일을 하지 않으면 그 다음 시기에 이르러서 열 배는 더 힘들 각오를 해야 한다. 모든 시기와 때는 연결되어 있다. 하나가 삐딱하면 나머지도 삐딱해진다. 첫 단추를 잘못 끼우면 다 풀어서 다시 끼워야 하듯 청춘의 시기에 어려운 첫 단추를 바르게 끼우지 못하면 그 후로 끼워지는 모든 단추는 아무리 힘을 써도 바르게 끼울 수 없다. 평생 후회하며 안타까워하는 것과 열 배, 스무 배의 노력을 하는 것밖에 다른 방법은 없다.

유망업종도 아니고, 신제품도 아니고, 첨단제품도 아닌 잡다한 일상용품을 배달하면서 최고의 매출을 올리는 젊은 판매원이 있었다. 그와 함께 일하는 사람들은 모두 젊은 시절부터 그 일을 해온 나이 많고 경력 많은 중년층이었다. 그러나 그는 항상 자신보다 연륜 있고 경력 많은 선배들보다 더 많은 매출을 올리고 있었다.

그가 일하고 있는 지점에 본사의 관리자가 방문해서 그를 찾았다. 그에 대한 정보를 이미 가지고 있던 관리자는 그의 영업 비결을 배워서 다른 직원들에게 적용하고 싶어했다. 일을 마치고 돌아온 그에게 관리자가 물어보았다.

"자네는 영업이 천직인 것 같아!"

"그렇지는 않습니다. 그냥 열심히 하고 있을 뿐이죠!"

"아니야! 자네의 실적을 보면 일을 좋아하는 사람이 아니면 절대 그렇게 할 수 없겠다 싶어!"

"일을 좋아하기는 하죠!"

"자네가 영업직을 어느 정도로 좋아하는지 말해줄 수 있겠나?"

"사실 저는 영업직을 좋아하지 않습니다. 오히려 지독히 싫어하는 편입니다."

"그런데도 항상 최고의 실적을 올리는 비결은 뭔가?"

"제가 정말 좋아하는 것은 물건 판매가 아니라 일한 만큼 주어지는 월급입니다. 월급을 생각하면 저는 한순간도 낭비할 수 없고, 어떤 일도 미룰 수 없습니다."

청춘의 미래는 분명하다. 현재의 모습을 모면 미래의 모습을 알 수 있다. 사람들은 청춘에게 무한한 가능성이 있기에 그들이 나중에 어떻게 될지 알 수 없다고 이야기한다. 그러나 필자가 보기엔 그렇지 않다. 청춘의 모습을 보면 미래의 모습은 이미 결정되어 있다. 지금 그 모습 그대로가 10년 후, 30년 후에 똑같이 나타날 것이다.

운동하지 않는 청춘은 10년 후에 많은 잔병치레를 하게 될 것이다. 집 밖으로 나가지 않고 사람을 사귀지 않는 청춘은 10년 후에 친구 하나 없는 고독한 인생이 될 것이다. 새로운 일을 시도하지 않는 청춘은 10년 후에 지겹고 따분한 일상을 괴로워하게 될 것이다.

지금 청춘이 하고 있는 일에 의해 10년 후, 20년 후의 모습이 결정될 것이다. 아무 노력도 하지 않는 청년은 아무 것도 할 수 없는 무능한 장년과 노년의 시기를 맞이하게 된다. 청춘의 미래는 분명하다. 지금 추구하는 것과 살아가는 모습에 의해 미래의 모양은 이미 결정되어 있다.

049

최선을 다하고
최악에 대비하라

일간지에 보도되는 내용 중에도 위로와 힘을 주는 이야기들이 있다. 그런 이야기를 접할 때마다 필자는 사람들에게서 희망을 발견한다.

얼마 전 대구 중부경찰서에 시장통의 걸인 임 모씨당시 55세가 연행되었다. 걸인들 사이에서 벌어진 싸움에 연루되어 조사를 받기 위해서였다. 그의 외투는 다른 사람들보다 훨씬 두꺼웠다. 사건 조서를 작성하기 위해 소지품을 검사하던 경찰은 그의 외투 속에 무언가 들어 있는 것을 발견하였다.

경찰관들이 물건의 위험성 여부를 확인하기 위해 꼼꼼하게 기워진 옷을 풀어헤치자 옷 속에서 돈다발이 쏟아져나왔다. 깜짝 놀란 경찰관들이 범죄와 연관된 장물인 줄 알고 추궁하자 임씨는 구걸해서 모은 돈이라고 하였다.

그의 말이 사실인지를 확인하기 위해 어디서 어떻게 구걸했는지, 왜 돈이 전부 만 원짜리인지를 물어보았다. 그는 한 마디도 허튼소리를 하지 않고 일목요연하게 대답하였다.

그는 시장의 모든 가게를 돌아다니며 100원만 달라고 구걸하였다고 한다. 천 원도 아닌 100원을 달라는 걸인에게 사람들은 불쌍하게 여겨서 100원을 주었고, 100원짜리가 100개가 되면 은행으로 가서 만 원짜리로 바꾸어서 옷 속에 보관하였다고 한다. 왜 통장을 만들지 않았느냐는 말에는 신분증이 없어서 만들 수 없었다고 하였다.

그의 말이 사실인지를 확인하기 위해 경찰은 그가 구걸했다는 시장에서 탐문수사를 하였다. 100원을 얻어가는 걸인이 있었냐고 묻자 대부분의 상인들은 매일 100원을 얻어가는 사람이 있었다고 대답했다. 그가 동전을 바꾸었다는 은행을 찾아가서 물어보니 그는 매일 100원짜리를 들고 와서 만 원짜리로 바꿔갔다고 하였다. 언제부터 동전을 바꿔갔는지를 물어보자 3~4년은 되었다고 하였다. 그렇게 모아서 임씨가 외투 속에 지니고 있던 돈은 1600만 원이나 되었다.

대구 걸인 임씨는 거리에 떨어져 있으면 아이들도 줍지 않는 100원짜리 동전을 구걸해서 1600만 원을 모을 수 있었다. 지금 자기 지갑에 현금 1600만 원을 가지고 있는 청춘이 얼마나 될까? 3년 후에 그 정도의 돈을 가질 수 있는 청춘은 또 얼마나 될까?

살다 보면 뜻하지 않은 일들로 인해 어려워지기도 한다. 신분과 지위와 직장과 가족을 잃고 아무 것도 갖지 못한 상황으로 떨어질 수도 있다. 최선을 다했지만 최악의 상황이 될 수도 있다. 대구 시장의 걸인 임씨가 바로 그런 사람이었다.

그러나 그는 구걸해서 매일 소주를 사 먹는 보통의 걸인들과 달리 그 돈을 성실히 모았다. 최악의 상황에서 최선을 다했다. 그리고 자신의 집을 마련할 수 있는 돈을 모아서 거리의 삶을 청산하였다.

우리는 대부분 최선을 다해 인생을 살아간다. 하지만 최선을 다해도 최고의 상태에 이르지 못할 때가 많다. 때로는 최선을 다했지만 최악의 상황에 처하기도 한다. 그러나 최악의 상황에서도 인생은 계속된다. 그리고 최악의 상황에서도 항상 최선을 다하면 상황은 조금씩 변하기 시작한다.

최고의 상황에서도 최선을 다하고, 최악의 상황에서도 최선을 다해야 한다. 최악의 상황에서도 희망은 있다. 이미 임씨는 우리에게 그러한 것이 가능함을 보여주었다. 누군가 신기록을 깨면 그 후엔 많은 사람이 그 신기록에 도달한다. 임씨는 우리에게 최악의 상황에서도 충분히 인생이 다시 회복될 수 있다는 신기록을 보여준 증인이다.

청춘들이여! 최선을 다하라. 그러나 항상 잘될 것이라고는 생각하지 말라. 안 될 수도 있고, 최악의 상황에 이를 수도 있다. 그러므로 최선을 다하고 최악을 대비해야 한다. 대비하는 것은 가장 쉬울 때가 아닌 가장 어려울 때를 위한 것이기 때문이다. 가장 어려운 문제를 푼 사람에게 더 이상 풀지 못할 문제가 없듯 최악을 대비한 사람이 풀어나가지 못할 상황은 없을 것이다.

050 장마가
왕비를 낳다

　조선야사에 있는 정조대왕의 후궁 수빈박씨에 대한 이야기다. 정조에게는 왕위를 물려받을 후사가 없었다. 왕의 고모부 박명원은 이런 정조에게 후궁을 들일 것을 간청했다. 박명원의 계속되는 간청을 이기지 못한 정조는 마침내 좋은 규수를 찾아달라는 말을 꺼냈다.

　"궁 안에 있는 사람들이 반대하지 않을 그런 사람을 골라보세요!"

　왕의 말을 들은 박명원은 이미 생각해둔 사람이 있었기에 서슴지 않고 대답하였다.

　"전하, 실은 소신의 조카 중에 재색을 두루 갖춘 규수가 한 명 있사옵니다."

　왕과 이야기를 마친 박명원은 이미 점지해둔 조카가 있는 사촌 집으로 달려가서 이야기를 꺼냈다. 박명원의 이야기를 들은 사촌이 놀란 표정으로 대답하였다.

"그 무슨 말씀이십니까, 대궐의 후궁 자리는 왕자를 생산하지 못하면 청상과부와 같은 자리인데? 왕자를 출산한다 해도 암투가 끊이지 않는 곳이니, 호랑이 굴 같은 곳으로 저의 딸을 보낼 수 없습니다."

단번에 거절하는 사촌의 대답을 듣고 집으로 돌아온 박명원은 문을 닫고 들어앉아 고민에 빠졌다. 친척 중에 참한 규수가 있다고 이미 왕에게 말을 꺼내놓은 상황인데 아무리 생각을 해도 자신의 주위에선 더 이상 적당한 규수를 찾을 수가 없었다.

여름 장마는 하늘에 구멍이 난 듯 엄청난 빗줄기를 쏟아내고 있었다. 그때 박명원의 먼 친척뻘 되는 박생원이 찾아왔다. 여주에서 농사를 지으며 근근이 살고 있는 사람이었다.

"아니, 박생원이 우중에 웬일이시오?"

"대감, 실은 이번 장마에 전답은 물론 집까지 떠내려가 당장 오갈 데가 없어서 신세 좀 질까 해서 올라왔습니다. 헛간이라도 좋으니 장마가 끝날 때까지만 지낼 수 있게 해주십시오!"

"식솔들은 지금 어디에 있습니까?"

"허락을 받으면 데려올 생각으로 남대문 근처에서 기다리라고 했는데 다 큰 딸자식을 길가에 두고 와서 여간 불안한 게 아닙니다."

박명원은 딸이 있다는 말에 귀가 번쩍 뜨였다.

"딸이 있었습니까? 올해 몇 살인가요!"

"열아홉이나 되었는데 형편이 여의치 않아서 아직 혼처도 정하지 못했습니다."

박명원은 즉시 하인들과 가마를 보내 식솔들을 데려오도록 했다. 인사를 올리는 박생원의 딸을 본 박명원은 손뼉을 치며 환영했다. 딸은 양가의 규수 못지않은 외모와 품격을 지니고 있었다. 다음 날 박명원은 입궐하여 정조에게 박생원의 딸에 대한 이야기를 전했다.

"전하, 규수의 집과 이야기가 잘되었습니다!"

"대신들이 반대할 사람은 아니겠지요?"

"그럴 만한 가문은 아닙니다. 다만 집안이 가난한 것이 흠입니다."

"가난하다고요? 오히려 잘되었습니다. 가난한 집안은 파벌이 없고 우애가 좋을 것이니, 당파싸움에 휘둘리지는 않겠습니다."

정조는 박명원의 중매를 받아 박생원의 딸을 흔쾌히 후궁으로 맞아들였다. 장마통에 재산을 몽땅 잃은 박생원은 장마 덕에 하루아침에 후궁의 아버지가 되었고, 딸은 정조의 셋째 부인이 되어 순조를 낳았다.

수빈박씨는 장마를 피해 부모와 함께 피난길에 올랐다가 왕후가 되었다. 19세에 당한 일생일대의 장마, 온 가족을 한양의 낯선 집으로 떠밀었던 장마가 온 가족을 왕족이 되게 하는 역전의 기회를 제공하였다. 수빈박씨에게 장마는 왕후의 길을 열어준 고마운 사건이었다.

인생에도 장마가 진다. 그치지 않는 폭우처럼 슬픔이 쏟아지고, 원망과 분노가 솟아오르고, 아픔과 상처가 몰려올 때가 있다. 그러나 그 시기엔 이전에 얻을 수 없었던 새로운 기회도 함께 온다.

청춘에게 다가오는 슬픔과 고난의 장마는 미숙한 청춘을 노련한 인격체로 성숙시키는 훈련의 과정이다. 하늘은 모든 땅에 비슷한 장마를 보내고, 모든 청춘에게도 거의 같은 수준의 인생 장마를 보낸다. 장마가 클수록 교육의 효과도 크고, 새로 얻게 될 기회도 크다.

어려운 일을 당할 때 기억하라. 여름 장마가 수빈박씨를 왕후로 만들었듯이 인생 장마는 청춘을 황제의 자리에 올려놓을 것이다. 인생 장마 앞에서 삶의 걸음을 멈추지 말라. 장마가 그치면 찬란한 무지개가 떠오를 것이다.

한때 다트에 빠진 적이 있다. 실력이 늘면서 던지는 거리가 조금씩 멀어지자 가벼운 다트핀을 멀리 던지기 위해 야구 선수처럼 전력투구를 해야 겨우 과녁에 꽂을 수 있었다. 그래서 살살 던져도 멀리 갈 수 있도록 묵직한 추가 달린 전문가용 다트핀을 구입했다. 다트핀에 어울릴 만한 통나무 판을 하나 구해서 과녁도 새로 만들었다.

"딱! 딱!"

통나무 판에 꽂히는 선수용 다트핀의 소리가 아주 그럴듯했다. 3개월 정도 지나 다트핀에 맞아 상처를 입은 과녁을 살펴보니 중심 부분이 해어져서 스펀지처럼 푸석했다. 정중앙은 구멍이 나 있었고, 중앙에서 멀어질수록 핀 자국은 드물게 나 있었다.

경기에서 선수들은 과녁을 향해 활을 쏘고, 총을 겨냥하고, 공을 집어던진다. 하지만 대부분은 목표를 맞히지 못해서 안타까워한다. 그러나 과녁의 입장에서 생각하면 과녁의 중심은 가장 많이 공격을 당하는 부분이다. 던지는 사람의 입장에서는 가장 맞히기 힘든 곳이지만 과녁의 입장에서는 가장 많이 맞는 곳인 셈이다.

실수하고, 실수하고, 또 실수하더라도 계속 던진 후에 보면 과녁의 중앙에 꽂힌 것이 가장 많은 것처럼 청춘들이 각자의 목표를 향해 포기하지 않고 청춘의 열정을 발산하면 어느 순간 자신의 목표가 이미 이루어져 있음을 발견하게 될 것이다.

"청춘독립 스물이 넘어서도 부모를 탓하는가?"는 필자에게 열한 번째 책이다. 지금까지 다양한 주제로 책을 만들었지만 이번처럼 분명한 목적을 가지고 쓴 것은 처음이다. 마치 다트핀이 과녁의 정중앙에 꽂히는 것 같은 기분이었다.

열 권의 책을 만들면서는 모든 사람들이 필자의 글을 읽으면 좋겠다고 생각했으나 이번만큼은 콕 집어서 '청춘들'이 꼭 읽으면 좋겠다고 생각했다. 어디로 가야 할지, 무엇을 해야 할지를 결정하지 못한 청춘들에게 무엇이든 할 수 있는 용기를 주고 어디로든 달려갈 수 있는 담력을 주는 책이 되기를 소망한다.

김홍식

청춘독립 스물이 넘어서도 부모를 탓하는가?

지은이 김홍식 퍼낸이 박은서 퍼낸곳 도서출판 **새론북스**
편집 송이령, 김선숙 마케팅 권영제
주소 경기도 파주시 교하읍 문발리 535-7 세종출판벤처타운 404호
전화 (031) 978-8767 팩스 (031) 978-8769

- http://www.jubyunin.co.kr
- myjubyunin@naver.com

초판 1쇄 발행일 2011년 5월 20일 초판 3쇄 발행일 2011년 6월 30일

ⓒ 김홍식
ISBN 978-89-93536-29-4(03810)